特殊清掃人

Nakayama Shichiri
Postmortem Site Agents

中山七里

目次

一 —————————— 祈禱與詛咒

祈りと呪い

1

「真垣總理臨時缺席預算委員會 疑舊病復發」

「《我們不要 Gay Bar！》日本謹嚴黨黨員新宿歌舞伎町抗議遊行」

「獨腳維納斯市瀨沙良 獲帕運二百公尺參賽資格」

「交通事故死者較去年增二成」

今天網路新聞仍充斥著煽情誇大的標題，卻不見有助於工作的孤獨死新聞。

正瀏覽各新聞網站時，眼前的室內電話機響了。

「喂，『終點清潔隊』您好。」

『您好，我想請你們幫忙清房間。』

接電話的秋廣香澄心想，啊啊，又來了。就是那種一副過意不去、卻又想說不是自己的責任的含糊語氣。找上他們委託工作的客戶大多都是這樣。

「請問房間大約多大？」

『是三坪的套房。請問，這個大小的費用大概多少？』

「費用會依現場的狀況有所增減。請問是榻榻米嗎？」

『是鋪木地板。』

「地板清潔是三萬圓起，但如果要更換地板就會產生其他費用。除臭、消毒是一萬圓起，不過最好是讓我們看過現場再估價會比較準確。」

『所以如果只要地板清潔和消毒的話，四萬圓就可以了是嗎？』

「不是的，要室內的污染狀況極其輕微、只有幾個地方需要處理才會是那個價錢。」

『……那，請妳們先來看看。我叫成富晶子。』

香澄迅速抄下對方所說的地點和聯絡方式，隨即填入白板的預定表。

「有案子？」

出聲的是公司的代表五百旗頭亘。

「客戶一副希望我們用四萬圓解決的語氣。」

「唔——，可是實際上以基本費用就搞定的例子少之又少。那，地點在哪？」

「大田區池上。」

「那就走一趟吧。」

「如果只是估價，我一個人就夠了。」

「誰知道房間裡會有什麼呢。搞不好會有秋廣應付不來的東西哦。」

「大部分的髒東西我應該都處理過了。」

「屍體本身妳還沒處理過吧。」

香澄確實沒有這種經驗，所以無話可說。

「目前為止我前前後後遇到過三次。有個有經驗的在旁邊，遇到萬一也不用愁。」

五百旗頭以不由分說的語氣從軟木塞板上摘下公司車的鑰匙。香澄知道五百旗頭只要發話就不會改口，只好不情不願地跟著走。

香澄之前服務的事務機公司去年底倒閉了。慘的是，社長在公司關閉的前一天才宣布，而且又付不出全額資遣費，簡直雪上加霜。香澄領到的資遣費只夠一個月的房租。她有一肚子髒話想對搞垮了公司的社長說，但還是賺錢要緊。

她立刻著手找工作，但轉職的工作機會不多，就算有，也幾乎都要求證照。有三家在履歷階段就被刷下來，兩家撐到面試也一下子就被拒絕。她找的第六家，便是五百旗頭擔任代表的「終點清潔隊」。求才資訊的業別欄上只寫了「清掃業」，但基本薪資等種種津貼高得驚人。雖然怎麼看怎麼像黑心企業，但香澄不敵高薪的魅力，決定先應徵再說。

面試是五百旗頭出面。他個頭小，又一副好好先生的模樣，與其說是一家公司的代表，還更像一個友善的鄰居。

「秋廣香澄小姐是嗎。哦，連姓氏都像名字呢。」

「我父親來自鹿兒島，聽說那邊姓秋廣的人很多。」

「欸，我們是清掃業沒錯，不過是屬於『特殊清掃』這類。不知道妳有沒有聽過？」

香澄沒聽過，於是五百旗頭做了說明。所謂特殊清掃，指的是垃圾屋、凶宅這類問題物件的居家清潔。近年來，這類需求隨著孤獨死的增加而增加，如今甚至被視為成長產業之一。「終點清潔隊」不僅提供居家清潔服務，連祭拜、整理遺物、收購家具、改建翻新，甚至收購物件都在服務範圍內。

事務所很小，香澄很懷疑這裡是否真能作為成長產業的基地，但看到擺在房間一角的觀葉植物，她改觀了。

那盆觀葉植物不但枯了，上面還蒙了一層灰。實在不宜用來裝飾可能會有客戶出入的事務所，但坐辦公室多年的香澄知道，觀葉植物遭到忽視並不是在那裡工作的人偷懶，而是他們忙到顧不上擺設和用品。

「基本上，因為是清潔打掃，所以不需要證照。雖然等熟悉工作之後是會需要一些證照，不過對新員工的要求是細心和遲鈍。」

「我以為細心和遲鈍意思正好相反？」

「這個等妳做了一段時間就會懂了。那麼，秋廣小姐對自己的遲鈍有信心嗎？」

雖然有生以來頭一次被要求遲鈍，但這時候可不能說沒有信心。香澄挺胸答道：

「論遲鈍我不會輸給任何人！」

五百旗頭一聽突然笑出來：

「妳被錄取了。不過有三個月的試用期哦。」

就算聽了特殊清掃的概要說明，香澄還是很難想像。但看在五百旗頭的人品，還有更重要的高薪的份上，香澄決定進入「終點清潔隊」。

但第二天香澄就親身體會了特殊清掃的不易和特殊。

對象物件所在的大田區池上那一帶沒有電車路線經過，但公車補足了這一點。也因此，整個區域給人寧靜的印象。這裡沒有大型購物中心，但有一連串的超市和藥妝店。也有遊樂設施充足的公園，看來生活起來沒有任何不便。

「妳知道沒有大型商業設施意味著什麼嗎？」

五百旗頭握著廂型車的方向盤問。

「都市更新的腳步很慢？」

「因為沒有外來的人來購物，走在路上的大多是在地人。大家都互相認識，所以無論白天晚上都不太會有人鬧事。」

「那不是個好地方嗎？」

「對大部分的居民而言，當然是個好地方。可是啊，其中也有人反而感到壓抑。」

成富晶子在現場等著兩人。物件名稱叫「成富公寓」，是兩層樓的水泥建築，看來是屋齡二十年左右的公寓。

「我是房東成富。」

她的語氣仍舊是怯怯的，看五百旗頭他們的眼神簡直像在估價。香澄覺得她的態度很沒禮貌，但一個出租公寓的所有人總不可能常有委託特殊清掃的經驗。

也難怪她心中稀奇、歉意與被害者意識交織吧。

「謝謝您找我們來估價。我是『終點清潔隊』的五百旗頭。這位是同事秋廣。」

老練的五百旗頭臉上是雷打不動的營業笑容。

「請問是哪個房間？」

晶子指指公寓一樓左側的房間。

「一〇五號。他們說可以進去了。」

「警方說可以進去了啊？」

「你們是專門處理問題物件的業者吧。那不用我說明應該也知道大致的情況吧。」

「是的，是的。但是啊，光看無法充分掌握污染狀況的例子也不少。好比衣物是不是有很多、是自炊為主，還是外食為主、有沒有養寵物等等，還有死因是什麼。各種要素綜合起來，污染的狀況就會有很大的差異，而且表面上很難看出來。」

「這些差異會影響估價？」
「對，影響很大。」
於是晶子環顧四周，然後將兩人帶進緊鄰公寓的自家。
「住一〇五號的是女性，叫關口麻梨奈。公寓本來就禁養寵物。年紀是三十多歲，住進來那時候好像是在進口車經銷商工作。」
「那時候？那麼最近不是了嗎？」
「她以前也都是照規定的日子丟垃圾的，可是大概兩年前開始，就很少看到她出來，也不丟垃圾了。偶爾看到也都是平日的白天，我就想，哦，她一定是換工作了。」
「有人來拜訪她嗎？家人或朋友那些。」
「不知道，至少我沒看到。」
這些問題看似隨意，其實各有意義。換工作或退休與生活作息的變化直接相關，家裡的垃圾量自然也會改變。外出越少便越容易屯積垃圾，沒有訪客便難以改善垃圾環繞的生活。

而以上三點也關係到一個更嚴重的狀況。

「那麼，被發現的時候是什麼狀態？」

「詳細情形我們不能問，不過那個，叫作相驗是不是？相驗的結果，好像判斷沒有他殺的嫌疑。」

「自殺，是嗎？」

「他們說是自然死亡。」

晶子的強調聽起來有些不自然。也難怪。日本國土交通省訂定了死亡告知義務的相關指引，規定問題物件出租的應告知期間為三年起。而一旦告知，租金行情就會下跌，孤獨死跌一成，自殺三成，他殺甚至多達五成。身為屋主的晶子執著於自然死亡，也就是孤獨死，可說是人之常情。

「警方撤走以後，成富小姐進去過嗎？」

「只去過一次。可是臭得我眼睛痛，我馬上就把門關上了。」

不是鼻子痛而是眼睛痛。晶子的話雖不知是有意還是無意，卻很中肯，遺體被任意擱置的房間便是充滿了如此刺激的臭味。

「有通風嗎？」

「要是溢出來會影響鄰居。不能讓那個房間有過屍體的事傳開來，所以我就直接把房間關起來了。」

香澄心想，遇到最糟的模式了。但，五百旗頭的營業笑容絲毫不受影響，繼續談話。

「為了估價我們要進去看看，但就您剛才所說的，費用恐怕不止四萬圓。請您有個心理準備。」

面對瞬間退縮了一下的晶子，五百旗頭委婉地落井下石：

「一個人生活過又死去的痕跡，是沒有辦法輕易消除的。」

大致說明完，五百旗頭與香澄便回到廂型車那邊，開始換穿防護衣。他們穿的是用在輻射除污作業的泰維克，不了解內情的人看了大概會覺得何必小題大作，但這絕非小題大作。沒有人知道棄置許久的廚餘中會潛藏什麼細菌，不能掉以輕心。垃圾招來的蒼蠅老鼠是傳播病毒的媒介，體液則是傳染病的溫床。再怎麼警戒都不為過。在防護衣之上戴上防毒面具，這才準備完成。

「可是，五百旗頭先生，既然警方已經進去過了，體液和有害的東西應該都搬走了吧？」

「秋廣對警方懷有幻想啊。其他鄉鎮縣市姑且不論，警視廳底下的案子可是多得不得了。一旦判斷沒有他殺嫌疑就會立刻縮手。各警署的倉庫也是空間有限，能不留的東西就不留。遺體這東西本來就很難伺候，他們巴不得相驗完就馬上還給家屬。妳以為這樣的組織會好心幫忙清垃圾嗎？」

香澄或許對警方懷有幻想，但五百旗頭看警方的目光會不會太冷漠？香澄心裡閃過這個念頭，但並沒有說出口。

「好，走吧。」

五百旗頭一手拿著消毒液噴瓶走向出過事的一〇五號。香澄嚥了一口唾沫跟在他身後。

站在房門前的那一剎那，香澄感到一絲不安。剛進公司那時她無知無覺，但清掃事故物件的次數多了之後，漸漸地就能感知到房子發出的獨特氣氛。

一〇五號的門後飄盪著曾經的住戶的遺憾。這一點香澄實在無法解釋，總之就是腦海一角會響起警報，告訴她不可以靠近。

五百旗頭用借來的鑰匙開了鎖，說聲打擾了便走進去。

頓時一陣黑霧向兩人襲來。香澄已經習慣了所以這時候不至於吃驚，這片霧其實就是被垃圾招來的蒼蠅。都能被誤認為霧了，數量當然不是幾十幾百而已。一開始香澄會被蒼蠅的數量和飛出來的氣勢嚇得腿軟，現在除了「拜託快滾出去」之外不再有別的想法。

讓香澄厭煩的是房間裡一袋袋堆積起來的垃圾山脈。

「我就知道。」

五百旗頭自言自語般咕噥，抬頭看垃圾山山頂。多虧警方將遺體搬走，形成了一條勉強能讓一個大人通過的動線。香澄跟在五百旗頭後面走進去，感覺就像被兩側的垃圾峭壁包夾。只有天花板附近才有縫隙，而那裡就成了蒼蠅大軍的飛行空間。多半是裡面的有機垃圾發酵的關係，有好幾個垃圾袋裂開，裡面的東西像內臟般溢出來。

外露的有機垃圾便是蒼蠅的苗圃，上面的蛆多得讓表面呈白色，同時互相推擠蠕動。定睛去看只怕會忍不住尖叫，香澄便視而不見。地板上灑了一層灰一般的黑色粒狀物，則是蒼蠅的糞便。可別小看蒼蠅的排泄物，這些排泄物裡也潛藏了種種細菌，而且是惡臭之源。若牠們的食糧只是有機垃圾還好，問題是這類事故物件，遺體往往成為蒼蠅的食物，而吃了人類產出的蒼蠅糞的味道就不止是惡臭，還具刺激性。

他們終於來到房間中央。

「這也是一如預期啊。」

五百旗頭俯視的地板上浮現出一團人形的黑色污漬，無數隻肥滋滋圓滾滾的蛆在污漬上交疊，黑色與乳白色的對比，倒也像一幅惡趣味的抽象畫。

「大概是死後一個半月吧。」

五百旗頭冷靜評估。當屍水滲透到地板底下，不止要換地板板材，連下方支撐的地板格柵和地板梁都必須更換。在估價階段不能掀掉地板來看，自然只能從表層推估污染的程度。

「好。先撤退吧。」

五百旗頭一聲令下，香澄便走出去，一路都小心翼翼以免弄垮了垃圾袋牆。

回到廂型車，兩人脫掉防護衣便丟進焚化用的箱子。凡是進過污染區域的防護衣都不能再穿。因為即使消毒也不保證能完全去除污染，所以儘管可惜還是只能用過就丟。

五百旗頭從保冷箱裡拿出兩瓶冰涼的運動飲料，丟了一瓶過來。

「謝謝。」

「讓秋廣來估的話，會估多少？」

「要看屍水滲透的狀況，不過我看地板不止要擦要消毒，板材也要換。垃圾袋底下的部分可能多少也有腐蝕。」

「嗯嗯。」

「垃圾全部搬走起碼要兩個人。搬空之後房間要消毒、除臭，最少也要十萬圓。」

「方向挺不錯。才進來半年就有這樣的表現，很優秀。」

香澄藉著獲得稱讚的勁頭打開寶特瓶蓋。冰涼的運動飲料滲透到被防護衣悶出一身汗的身體的每一個角落。

「不過，畢竟才進來半年啊，很多地方都沒考慮到。」

「……請別只說很多地方，具體點出來。」

「第一，公寓雖然禁養寵物，但房客可能會背著房東私下養啊。從小的蜥蜴到大的室內犬都有可能。飼主死了，養在室內的寵物十之八九也會死。屍體腐爛，和飼主一樣成為病菌的溫床。第二，房客是三十多歲的女性，以前也是正經的上班族。既然是ＯＬ，除了上班的衣服當然也擁有一些便服。物件是套房，衣櫥一定是被擋在哪堆垃圾袋後面。很難指望一個會在生活空間裡堆垃圾的人把衣櫥整理好。最好做好心理準備，衣櫥的狀況如果不是和房間一樣，就是更淒慘。結論：最少也要估二十萬。」

「二十萬，是嗎？」

聽到五百旗頭的報價，晶子面露不悅，但還不至於拒絕。

「這是你們最初報的預算的五倍耶。」

「這是有依據的。」

隨著五百旗頭的說明，晶子的表情越來越難看。證明她雖然不情不願還是接受了。

「您也可以在網路上委託同業估價，但我想敝公司的價格是最實惠的。」

「這我知道。『終點清潔隊』是第四家來估價的。」

「哦，這樣啊。」

五百旗頭不以為意地笑了，但在旁邊聽的香澄卻很想咋舌。比價是沒關係，但明明估過價還說預算四萬圓就不是ＣＰ值的問題，只是貪得無厭好嗎。

「最少也要二十萬是嗎。那最多會是多少？」

「您可以用四十萬圓作為上限。」

「四十萬的依據是？」

「我們過去處理過幾個相同的房型，這是其中最高的金額。另外，若發生無法預料的問題使費用超過這個上限，屆時會再次與您討論。」

「『一個人死去的痕跡是沒有辦法輕易消除的』，是吧？」

晶子思索片刻，但還是點頭了。
「好。請你們儘快著手。」
「那麼就明天開始。」
「可以的話，想請你們今天就開始。」
如此積極的態度與之前大相逕庭，五百旗頭套話：
「方便的話，可以告訴我們您這麼急的理由嗎？」
「和你無關吧？」
「如果您有苦衷必須趕快，我們也可以安排讓您優先於其他委託。」
「也不算苦衷，只是身為房東，我當然想讓房子早點恢復原狀啊。好吧，其實剛才你們在估價的時候，我聯絡到關口小姐的母親，說好房間的清潔費由她出。」
原來估價金額變高她也沒抗議，是因為不會傷到自己的荷包啊。
「想一想，讓物件恢復原狀是房客的義務。既然她本人不在了，由家人負責也是理所當然的。」

「那麼，發生問題和請款方面，應該是直接找家屬談比較好？」

「她母親名叫關口彌代榮。」

晶子將旁邊一張紙條遞給五百旗頭。

「請你們跟對方議價。我只要早點清理完就好。」

「我們必須和對方確認報價。正式的清掃也需要準備，所以無論再怎麼趕，也要明天才能開始。還請見諒。」

五百旗頭笑歸笑還是很強勢，晶子這時候也是一副不情不願的樣子答應了。

「啊，她母親有話要我轉達。」

「給我們嗎？」

「她的意思是希望能安排成『女兒是在乾淨整齊的房間裡像睡著一般死去的』。我身為房東，要是傳出一些莫須有的傳聞會很困擾，所以我的看法和關口太太的希望一致。」

「我明白了。」

告別成富家後，五百旗頭無可奈何地搖搖頭。

「不好意思，秋廣。妳能不能現在跑一趟池上署？」

「去收集情報對吧？」

「關口麻梨奈小姐真的是自然死亡嗎？如果是的話，死因又是什麼？房東給的訊息必須一一確認才行。」

「五百旗頭先生不相信房東的話對不對？」

「因為房東從立場上就有偏差啊。那些人都只會說對自己有利的。這秋廣也知道吧？」

香澄點頭。為了多少能減少一點費用拚命砍價，堅稱房間的污染不在他們的管理責任內，一心只有被害者意識，對找來的清掃業者百般刁難。明明才工作半年，香澄就已經看過好幾個自私自利的委託人。

「記得要從各個角度來看物件，畢竟瑕疵底下藏了別的瑕疵的事情多的是。」

2

池上署出面的是名叫田村晴菜的刑警。

「特殊清掃業者『終點清潔隊』是嗎？那麼那個房間是由貴公司承包整理了。」

田村刑警以同情的眼光看香澄。只要是去過那個現場的人肯定都會有同樣的感想。

「妳進過那個房間了吧？」

「是的，因為必須報價。」

「很可怕吧？那味道。」

「還好，我們事先穿好戴好防毒面具和防護衣才進去的，所以沒有直接聞到味道。」

「不愧是專業人士，準備萬全。哪像我，一點心理準備都沒有，一腳踏進去的時候衝擊超大的。」

「那樣非常危險哦。」

「我也知道腐屍是感染症的溫床，但也只有法醫才會在上工前先做好完全的防護。」

田村刑警用手梳了一把自己的蓬鬆鮑伯頭。

「真的好臭，洗一次頭根本洗不掉，而且連房間都會染上餘味。」

「人的屍臭真的沒辦法形容。」

「沒錯沒錯。」

田村刑警一副心有戚戚焉般猛點頭。雖說女性的就職領域擴大了，卻還是能實際感受到習慣屍臭的女性仍極為稀少。

兩人針對屍臭的難搞和職場的不滿發洩了一通，就覺得彼此是老朋友了。香澄確定兩人之間萌生了奇妙的同胞意識，便開始收集情報。

「我聽說警方判斷關口麻梨奈小姐是自然死亡。」

「屍體雖然腐爛嚴重，還是保留了原形，體表並沒有發現外傷。雖然也考慮過毒殺和其他可能，但現場沒有死者本人之外的毛髮，也沒有腳印。」

「死因是什麼？」

「監察醫務院解剖之後，判斷為腦中風，說是有大得異常的血栓塞住血管，這應該就是直接的死因。一般腦中風是隨著動脈硬化的惡化慢慢發病，但關口麻梨奈小姐的狀況叫作心因性腦中風，據說會毫無預兆突然發病。」

「自己無法求助嗎？」

「心因性腦中風會伴隨著全身麻痺和知覺障礙。一定是來不及伸手去拿手機吧。」

「關口麻梨奈小姐才三十幾歲對吧？」

「精確地說，三十二歲又四個月。」

「我還以為腦中風是年紀更大的人得的病。」

「監察醫是說，比起年紀，生活習慣的影響更大。好比抽菸喝酒，要是抽太凶喝太多，不論什麼年紀都容易形成血栓。」

香澄不抽菸，酒也是別人敬酒的時候意思意思而已。正覺得自己應該不會得而安心的時候，田村刑警毫不留情地繼續說：

「不止生活習慣，水分不足造成的脫水症狀也是常見的起因。現在才六月，可是因為濕度高還是會流很多汗不是嗎？流了汗不補充足夠的水分的話，血液就會變稠，讓血液循環變差。監察醫懷疑關口麻梨奈小姐的腦中風就是這樣來的。」

「有什麼依據嗎？」

「她本人是以仰臥的姿勢倒在地板上。床就在旁邊，她應該是還沒走到就倒下去了。床旁邊和冰箱裡都沒有水。地上的寶特瓶裝的都是她本人的排泄物。

室內雖然有冷氣機，卻因為成堆的垃圾袋無法發揮功用。就算她是在四月中旬死亡，也有好幾天戶外氣溫相當高。一直關在沒冷氣的室內，當然會缺水。」

既然缺水，看是要去附近的便利商店買礦泉水，或是打開水龍頭都能解決。但關口麻梨奈的情形不能一概而論。

「她辭去進口車經銷商的工作之後，就沒有再去工作了。也沒有出門，從塞在浴室裡的空箱來看，購物都是靠信用卡網購。銀行帳戶裡的存款也少了很多。這樣的例子秋廣小姐應該也聽說過吧。」

「我聽說，就算到門口的動線都好好的，對蘊居的人來說，外出也需要勇氣。」

「關口麻梨奈小姐大概就是那種人。就算飲用水沒了也沒有去超商的行動力。洗碗槽塞滿了待洗的餐具不說，也被垃圾袋擋住去不了。睡著了就會忘記口渴，到了晚上濕度和室溫都會下降，於是就想著明天再出去買吧。這種情況持續到最後，就是血栓堵住血管，本人失去意識昏迷。她就是這樣走的。」

這番話因為不帶感情，更令人感受到臨終的孤獨。香澄本身因年齡與麻梨奈相仿，感受更加深刻。

「關口小姐有養寵物嗎？」

「沒有那個行跡。鑑識採集到的毛髮也都是她本人的。」

「搜查的時候，你們看過整個房間嗎？」

「我們有把所有的垃圾袋都搬出去。因為沒有發現異狀，就又物歸原位了。」

「我看過物件的平面圖。房間北邊是L型的 WIC，就是衣帽間。」

「那裡面我們也查過了。神奇的是裡面只有衣服，沒有被垃圾袋和寶特瓶入侵。對了，掛在衣架上的衣服有好幾件男裝。」

「是跟人半同居嗎？」

「這就難說了。只不過就像剛才說的，沒有採集到別人的毛髮和腳印，就算她曾經和別人交往，在她病倒之前也已經分手了吧。」

「關口小姐的手機上會不會留有她跟交往對象的通訊紀錄？」

「那類東西好像全都被刪除了，沒有看到。就是因為這樣，才會判斷為早就分手了。」

「她的手機還保管在警方這邊嗎？」

「今天早上，她母親把遺物領走了。」

這香澄倒是不知道。但，這樣倒是和聯絡房東成富晶子談清理房間一事的時間吻合。

「我聽說，領回去的遺體昨天在東京都內火化了。說是這一兩天會把遺物整理好。」

既然目的是整理遺物，當然要在清理之前造訪本人的房間。也許這就是母親會提出負擔清理費用的原由。

翌日，「終點清潔隊」的辦公室有訪客。

「我是關口麻梨奈的母親，關口彌代榮。」

昨天五百旗頭聯絡上她，才有了今天這次拜訪。事務所裡沒有會客室之類體面的空間，只能拉一張椅子請人坐。

關口彌代榮個子很高，坐在辦公室的椅子上顯得無比侷促。

「麻梨奈的事給您添麻煩了。」

「哪裡，一點都不麻煩。我們是做生意，請您別放在心上。」

五百旗頭照例發揮他平易近人的長處。

「我已經跟房東說過了，清潔的費用由我準備。」

「報價的金額房東告訴您了嗎？」

「是的。只要貴公司達成我這邊的條件就好。」

「就是讓令千金『在整潔的房間裡睡著般死去』對吧。關口太太，您從警方那裡聽說過麻梨奈小姐過世的狀況了嗎？」

「老實說，我想不通。」

由於彌代榮低著頭，看不清她的表情。

「我們家在水戶，麻梨奈高中畢業之前，我們都住在一起。」

「這次，您先生沒有陪同您一起來喔。」

「外子在十四年前，麻梨奈高中畢業那年去世了。麻梨奈上的是東京的大學，所以她上大學以後，我就一個人住在水戶的老家。」

「您一個女人家養大女兒，還讓她讀到大學畢業，真了不起。」

「學費是靠外子的保險理賠支應的。麻梨奈是我辛辛苦苦拉拔大的，我想好歹都要讓她念完大學。其實我很希望她結婚之前都能待在身邊，她卻直接在東京找工作上班。」

彌代榮一副心有不甘的口吻。言下之意是如果女兒住家裡，就不會在房間裡堆垃圾，也不會因腦中風猝死吧。

「不枉我精心教養，麻梨奈真的長成了一個認真的好女孩。房間總是乾乾淨淨，儀容端正。我從沒看過她穿著一整身運動服。她也說公司對她很好，職場上的人際關係也很好。可是她卻……」

話中斷了，彌代榮壓抑著情緒般靜下來。

「……不知什麼時候竟然辭掉工作，還窩在房間裡，把房間搞成垃圾屋。」

「她回家的時候，完全都沒提嗎？」

「她大學的時候說打工很忙請不到假，一次都沒回來。出了社會以後，回家也是只待除夕和初一兩天，沒有機會坐下來好好說話。」

「據警方說，她好像曾經有交往的男性。」

「關於感情的事，我一個字都沒聽過。是真的嗎？」

「我們也是從警方那裡聽說的，不太清楚。」

「我一直跟她說，要是有對象要馬上報告。一定是警方弄錯了，對，一定是。」

奇怪了。

話說到一半，香澄就開始覺得不太對勁。但到底是哪裡不對勁，她也說不上來。

至於五百旗頭，也不知是不是不覺得有問題，依舊以親切的笑容繼續聊。

「關口太太很信任女兒呢。」

「那當然了。麻梨奈大大小小的事我沒有不清楚的，畢竟她什麼事都跟我商量。」

「兩位的感情一定很好。」

「是啊。我們母女很親，人家都說我們是同卵雙生的母女。」

彌代榮的聲音忽然放柔了。

「外子的工作經常要出差，所以從她幼稚園起，家裡就只有我們母女兩個。雖然有父親，卻形同半個單親家庭。所以情緒教育、儀容規矩、生活態度都是我從零教起的。」

「母兼父職嗎？一定很辛苦吧。」

「畢竟就她一個啊。我也沒有白辛苦，麻梨奈從小就是好學生。功課也好，還當選過好幾次學生會長。」

「真是優秀。」

「不是我要求她的，是麻梨奈自動自發的。讓我感到非常欣慰。」

一般母親不常在人前誇自己的孩子。但彌代榮把麻梨奈誇上天也一點都不臉紅。喔不，通常是女兒死後反而更感嘆？

「我們總是形影不離。開學典禮和畢業典禮，人生的重要時刻我永遠都在，和她一起開心。所以麻梨奈竟然孤零零地死去，叫我怎麼忍心。」

「將房間徹底整理打掃乾淨並不難。只要房東保密就不成問題。」

「房東小姐說，除了女兒病死的事實，一切她都絕口不提。」

香澄心想，那當然啊。光是房客孤獨死，房租就會降一成。房東當然不可能再做出讓人印象更差的事。

「敝公司不但提供清潔服務，也可以幫忙安排法事和整理遺物。房間的衣櫃裡應該留有麻梨奈小姐的衣物，在清掃的過程中，應該也會出現衣物以外的遺物。這些您要留下吧？」

「不，不用了。」

彌代榮這才頭一次抬起頭。香澄再次觀察她。

明知失禮，但香澄就是認為她是個鄉巴佬。土氣的化妝讓她身上的衣服也顯得土氣，而個子高就更突顯了這個缺點。別在衣領的別針也太過俗氣，完全失去裝飾品的意義。

「我已經有她的骨灰了。沒有比這更重要的遺物了。」

「那當然，但若是房間裡還有有紀念價值的東西要怎麼處理？」

「有紀念價值的東西家裡很多。衣櫥裡的東西，應該都是她在這邊買的吧。我不需要。不好意思，請你們處理掉。」

「好的。」

「那麼，請你們今天就開始。」

彌代榮一副該講的都講完了的樣子站起來。行了一禮便速速離開了辦公室。

「唔——。」

五百旗頭看著她的背影低聲沉吟。

「秋廣，剛才的樣子妳怎麼看？」

「母親的反應嗎？看起來還放不下孩子。她說別人都說她們母女親得像同卵雙生，換個說法，這就代表她有多依賴女兒。」

「是嗎？」

「五百旗頭先生有不同的意見？」

「很依賴的話，不是想把女兒的遺物無論大小全都帶回去才正常嗎？」

「所以啊，因為麻梨奈小姐本人已經走了，也就不必再依賴了。」

「是這樣嗎？」

五百旗頭還是欲言又止地抓抓頭。

「我還是無法理解所謂的母親啊。有太多令人不解的地方了。」

「哪裡不解？」

但五百旗頭也不回答，離開了事務所。

3

「今天也是兩個人作業啊？」

聽香澄在副駕上語帶抱怨地這麼說，手握方向盤的五百旗頭露出過意不去的神情。

「抱歉。白井正在另一個案子孤軍奮戰，晚一點會開五噸卡車來會合。」

目前，「終點清潔隊」是以包括代表五百旗頭在內的三個人來運作。儘管面試時香澄就聽過說明，卻不認為特殊清掃的工作有那麼大的需求，但開始上班之後，她不得不承認自己錯了。每三天就要出動一次，誇張的時候則連續兩天。

「還得再徵人才行啊。」

「說真的，的確不能否認有人手不足之感。即使考慮公司收益，還是可以再增加兩個員工。」

「現狀是這樣沒錯。可是呢，事故物件又不是定期發生的。我不希望人都找來了，再以工作減少為由請人走。」

「可是，事故物件不是每年都在增加嗎？」

「因為需求增加就擴大陣容，結果一直赤字只好關門大吉的前人我見多了。」

香澄忽地想起她對五旗頭的過去幾乎一無所知。她記得在面試前看過公司簡介，「終點清潔隊」是距今五年前成立的，五百旗頭就算再怎麼年輕也四十多了，怎麼想這都不可能是他的第一份工作。

「還有就是，我雖然以這份工作為榮，卻也覺得賺太多不太好。」

「能賺錢不是好事嗎？」

「我們的工作跟律師一樣，有點靠別人的不幸來吃飯不是嗎？孤獨死就不用說了，垃圾屋也是很不幸。律師和我們的工作能賺大錢，絕不是什麼值得開心的事。」

「可是，我覺得如果不是反社會，凡是有需求的工作對社會都是有意義的。」

「對社會有意義啊。」

五百旗頭反芻香澄的話般喃喃地說。

「這樣的話，至少要把工作做到往生的人沒有遺憾才行。既然靠別人的不幸吃飯，最起碼要把幾個人從不幸中解救出來才說得過去。」

「不是為了讓委託人滿意嗎？」

「委託人常會騙人啊，畢竟他們活著。人只要活著，有時候就不得不說謊，即使是基於善意。可是死去的人想說謊也不可得，他們心中所求也都差不多。」

「他們求什麼？」

「求有人體察他們的心意吧，我想。」

載著兩人的廂型車再次抵達「成富公寓」。他們已經有房東成富晶子給的鑰匙，也掌握了內部狀況，再來就只要依照事先和五百旗頭討論過的步驟進行即可。

兩人穿戴好防護衣和防毒面具，在保冷箱裡備好數瓶運動飲料。現在氣溫是二十七度，密閉空間的室溫應該隨便都會超過四十度。他們必須每隔十分鐘就到戶外補充水分。否則一個不小心熱衰竭，幫忙不成反而幫倒忙。

估價時已確認過內部狀況，這次便以C級防護進行作業。防護裝備的等級說的是日本消防廳發表的《化學災害及生物災害時消防機關活動守則》所規定的分級。

A級裝備：穿著全身性化學防護衣，以自給式空氣呼吸器保護呼吸。

B級裝備：穿著化學防護衣，以自給式空氣呼吸器或循環呼吸器保護呼吸。

C級裝備：穿著化學防護衣，以自給式空氣呼吸器、循環呼吸器或防毒面具保護呼吸。

D級裝備：未穿著防護化學藥劑、生物製劑的護具，進行消防活動所需的最低限度裝備。

C級的必須裝備有化學防護衣（隔離浮游粉塵及水霧的密閉服裝）、阻絕化學物質的防護手套、長靴、自給式空氣呼吸器或循環呼吸器或防毒面具，以及工程安全帽。算是相當嚴謹的裝備，適用於放射線污染區域的除污作業。或許有人覺得不過是區區家戶清潔，做這等除污級的裝備是小題大作，但對於要涉足現場的香澄等人而言，這種程度的裝備卻是理所當然。

「走囉！」

隨著一聲輕快的招呼，五百旗頭打開了門。

和昨天一樣，一大群蒼蠅形成黑霧撲上來。五百旗頭和香澄立刻朝四面八方噴灑殺蟲劑，驅散蒼蠅。即使穿著防護服，蒼蠅在眼前亂飛照樣令人無法專心工作，而且若在作業中排便又會增加新的病原體。

噴了一整個屋子的殺蟲劑之後，蒼蠅終於不再亂飛了。

「好，開始搬。」

要是不小心弄破垃圾袋讓裡面的東西漏出來會事倍功半，所以雖然麻煩，還是一包包拎著搬到屋外。先集中在公寓的空地上，每包都噴除臭劑。因為當天該區不收垃圾，集中起來的垃圾袋要等稍後會合的卡車載到處理場。東京二十三區內受理垃圾的處理場多達十二個，非常令人感恩。

垃圾袋搬出去後，裝有黃色液體的寶特瓶便一一現身。不用說，是住戶的排泄物。從排泄在寶特瓶裡的那一刻，就能想見廁所是什麼狀況——馬桶肯定塞住不能用。

兩人分頭將垃圾袋陸續搬出去。中途要休息幾次，而且還要小心翼翼別讓屋內的垃圾山山崩，因此無論如何都會花上不少時間。何況本來要搬出去的垃圾量就很驚人。

「看這個樣子，光是搬出去就要兩小時吧。」

「畢竟是塞滿了一整個套房的垃圾啊。要是攤平了，這裡的空地裝不裝得下都很難說。」

垃圾袋堆了好幾層，最底下那層的垃圾袋本因壓力被壓扁，但一搬到外面便又膨起來復原。袋子是半透明的，內容物隱約可見。

「一半有機垃圾，一半資源回收垃圾吧。」

五百旗頭看著一排排垃圾袋喃喃地說。

「小便用寶特瓶裝，『大』的八成是大在空便當盒還是什麼裡，再塞進垃圾袋吧。」

到了休息時間，香澄摘下防毒面具，剝下防護衣的上身。汗立刻像瀑布般流下來，但外來的空氣會把熱氣吹散。

裝了尿液的寶特瓶在陽光下反射光線，看起來倒頗有幾分藝術品的意趣。只不過這東西可不是好惹的，打開瓶蓋的那一瞬間，惡臭和病原菌便會四散紛飛。

「在做這份工作之前，我一直以為只有男性會用寶特瓶來解決。」

「在垃圾屋裡繭居是一種極限狀態，而人一旦處於極限狀態就沒有男女之分。不過，死了之後多少會有些不同就是了。」

「咦？死了會有什麼不同？」

「啊——，最好是不要實際體驗啦，不過腐爛以後男人比較臭。我想是跟皮下脂肪較少和腸道較短有關。」

「……身為女性，聽了也不怎麼有優越感。」

「這又不是什麼值得驕傲的事。死去的人也不想拿這個來炫耀吧。」

「我一直對一件事很好奇。」

「什麼事？」

「麻梨奈小姐為什麼要辭職，又為什麼會繭居？」

「這，每個人的原因都不一樣吧。」

「這我也知道。」

香澄含糊回應。若不辭掉工作，繼續順順當當把工作做下去，麻梨奈應該會有不同的未來。她到底是在哪裡做錯了選擇？

香澄深知對死者心生想像沒有意義，但麻梨奈和自己年紀相當，她實在無法置身事外。再加上清理她生活過又死去的地方，有幾個瞬間她會陷入一種錯覺，好像腦海被麻梨奈的殘留意念入侵了。

「秋廣心腸真好。」
「沒有啊。」
「因為和住戶年紀相近就無法置身事外啊。妳感受性強，難怪會被同化。」
「剛才五百旗頭先生也說死去的人希望你體會他們的意念啊。」
「是啊，我想這是絕大多數死者的心願。」
「這樣的話，同化也不是壞事吧？」
「但也不是什麼好事。體會他們的意念還好。可是過度偏袒就不好了。沒弄好魂魄會被帶走哦。」
「怎麼靈異起來了。」
「我不是很迷信的人，但也知道心理健全的人不會對死者有強烈的執念。同情沒關係，但要適可而止。」
休息結束，兩人繼續埋頭苦幹。室內室外來回二十次之後，本來被垃圾山山脈遮住的木質地板逐漸露臉。
當地板漸漸露出全貌，屍水形成的那一塊黑色污漬就更加醒目。污漬上仍爬著無數隻蛆，乳白色的軀體推擠蠕動著。

地板上不止有屍水的污漬，還有不知是飲料還是什麼不明液體變乾變硬形成的斑點。木質地板的縫隙塞滿污垢，形成一條條黑線，但這些並不是一般污垢，而是蒼蠅的蛹密密麻麻排成一列。

兩人拿殺蟲劑噴遍每一個角落，取出金屬刮板，將填在縫隙裡的蛹仔細壓碎。子孫遭到迫害的蒼蠅鍥而不捨地上前糾纏，也以殺蟲劑將之擊退。

殺蟲劑噴好噴滿之後，地板上死屍遍地。蒼蠅中還有蟑螂、蜈蚣，以及其他不知名的蟲子。仔細觀察會反胃想吐，香澄就當牠們是一般垃圾，全都集中掃在一個地方，然後丟進自備的垃圾袋。走出房間，就看到一輛五噸卡車停在公寓空地一角。

「辛苦了。」

從駕駛座現身的是另一位員工，白井寬。雖然比香澄年輕，但或許是早香澄一年進公司的關係，顯然已培養出對髒污的抵抗力。

「垃圾袋全都在這邊了嗎？」

「這邊才八成。」

「看樣子一趟運不完。」

「五百旗頭先生也這麼說。」

「唉。」

大概是從香澄的樣子看出兩人不可能幫忙，白井便也換上防護衣，開始將垃圾袋一一搬上卡車車斗。

即使噴再多除臭劑，在這梅雨季裡，有機垃圾還是會加速腐敗，不迅速清走會立刻產生惡臭。就算將垃圾袋密封，會逸出去的還是會逸出去。

香澄只瞥了一眼堆垃圾袋的白井便返回一〇五號。即使清掉所有垃圾袋，清潔工程也不過才完成一半。

「白井的卡車到了。」

「哦，我聽到聲音了。」

五百旗頭站在衣櫥前注視著表面。沒看到什麼特別髒的地方，但不能因此便掉以輕心。很有可能門一開就蹦出意想不到的東西。雖然田村刑警說過「衣櫥裡我們也看過了。神奇的是裡面只有衣服，垃圾袋和寶特瓶都沒有入侵」，但還是眼見為憑。

五百旗頭做事與平常說話的樣子截然不同，向來是謹慎的。只見他抓住衣櫥的門把，緩緩打開。

就像田村刑警說的，與房間的慘狀相比，衣櫥裡整齊得令人難以置信。沒有垃圾袋也沒有寶特瓶，只有一排排的衣物。

「這裡倒是很乾淨。不過蟲子是擋不住的。」

衣架雖然掛得整齊，近看還是有蛆群生。蛹殼也很多，穿衣鏡上也掛著密密麻麻的蜘蛛網。想到唯一被房間主人視為聖域的地方都被蟲子騷擾就是一陣心痛。

仔細翻查衣物，發現女用襯衫和針織衫之類的夏季衣物與毛衣、外套等冬季衣物都掛在一起，想來並沒有依季節管理衣物的習慣。裡面有幾件男性衣物，這田村刑警也說過。有配色浮誇的西裝外套，亮片長褲，連不知道要戴去哪個晚宴的禮帽都有。

「大概是交往的男朋友留下來的，好花俏啊。」

「就是啊。至少不是一個有正經工作的人大白天會穿的衣服。」

「會不會是當牛郎的啊。」

在高薪企業工作，卻因為迷戀牛郎而墮落，最後失業坐吃山空落魄死去。這種事多不勝數，太過通俗，但看過這房間的慘狀便不得不承認確有其事。早就無緣的男人留下的衣服還巴巴地掛著，更加令人心生同情。

「這些衣服要不是被蟲吃了就是有蛆，不能穿了。她母親說要處理掉也算明智吧。」

五百旗頭開始將衣架上摘下來的衣物塞進垃圾袋。

下一秒鐘，香澄突然想到。

「請等一下。」

「怎麼了？」

「可以先拍照再丟嗎？」

「可以啊。到底是為什麼？」

「她媽媽要我們處理掉，可是我想她會想知道麻梨奈小姐生前都穿什麼衣服。所以想說至少讓她看看照片。」

「好主意。照片也不佔地方。」

在丟掉之前，每件衣服都一一拍照。香澄給五百旗頭的解釋雖然不假，卻也不是全部。看著掛在衣架上的衣服，香澄有種既視感。她不知道這既視感是怎麼來的，但大腦下令先留下紀錄再說。

香澄拍完所有的衣服，五百旗頭便著手清掃木質地板。說是清掃，但屍水浸潤過的板材無論用什麼除臭劑都無法將味道完全去除，而且那一部分會變得脆弱不耐用。即使表面弄乾淨了也沒有意義，到頭來還是只能把板材整個換掉。

但五百旗頭卻只是從自備的工具箱裡取出電鋸，沒有打開電源。

「秋廣，妳來看一下這個。」

五百旗頭指的是黑色污漬的下手臂的位置。香澄從他背後探頭看，上面好像寫了什麼。因為木板有塗層，墨水上不太去的樣子。

「是字嗎？」

「暗暗的看不出來。事後再確認。」

他們開始拆板材。五百旗頭熟練地操作電鋸，正確地鋸掉沾染的部分。很快地便鋸出一個人頭大小的洞，五百旗頭往裡看。

「果然不出所料，地板格柵都沾到了。」

「格柵也必須換嗎？」

「不用，看樣子只有表面。刮掉還可以用。」

於是又拿出刨子，小心刨掉沾染了屍水的部分。刮下的木屑連同鋪墊的報紙一起丟掉，一點碎屑都不留。不知是之前的工作還是因為這份工作練出來的本事，五百旗頭操作起刨子也很熟練。有污漬的部分轉眼就刮掉了。

依照尺寸裁好事先備好的相同板材，將木質地板的空缺補好。細心與靈巧在此也派上用場，備好的新板材補得嚴絲合縫。事先就漆好同樣的顏色，不仔細看根本看不出修補過。

「好厲害。」

「這點功夫做熟了就有了。再過一年，秋廣也就會了。」

「我高中沒選修生活技術，現在連根釘子都釘不好。」

「變成工作的時候自然就會了。職業就是這麼一回事。好啦，進入最後階段了。」

換完地板，五百旗頭在整個房間噴灑消毒劑。

「好，先撤。」

帶著工具箱，兩人都來到戶外。這時候消毒劑正在緊閉的房間裡發揮作用。

他們稍事休息順便等黏膩消失。

香澄將一片帶出來的板材放在陽光下。因為表面塗層而寫不清楚的字，在明亮的地方也能夠靠凹凸來判讀。

應該是用原子筆寫的，凹凸分明。

「全都給我毀滅」

香澄瞪大眼睛看了好幾次，怎麼看都是這樣。

「五百旗頭先生，你看這個。」

五百旗頭從旁邊探頭過來看。

「這會是麻梨奈小姐的遺囑嗎？」

「她是自然死亡的吧？」

「心因性腦中風會伴隨全身麻痺和意識障礙，負責這個案子的刑警說可能連手機都來不及拿。」

「這年頭，有話要說大家都是用手機，不會用寫的吧。事實上，把遺囑留在手機裡的人也不少。別的不說，在發生意識障礙的那一刻，寫遺囑就是不可能的任務了。」

「如果不是遺囑會是什麼呢？」

「純粹就是怨言吧，對這個社會的。」

五百旗頭的回答真是單純，而且冷漠透徹。在意識混沌之前，一個三十多歲的單身女子空虛地吐出的詛咒無限悲涼，但歸根究柢不過是她的自言自語。

說來說去，就是發洩在木質地板上的怨言，不是給別人看的。

不，不是的。

此時此刻，自己不就在看嗎？

「差不多應該乾了。去收尾吧。」

兩人帶著除臭劑的噴瓶去完成最後的工程。一進房間，便打開門窗通風。曾經充斥著屍臭味的濁氣散了，初夏清新的風吹進來。

確定空氣完全排出換新之後，最後噴灑除臭劑。怕市售的除臭劑不夠力，「終點清潔隊」用的是特製的除臭劑。那是五百旗頭混合了幾種除臭劑製成的所謂「五百旗頭特調」，無論除臭效果還是持久時效，市售商品都無法相提並論。

「完工。」

以五百旗頭這句話為準，香澄收工，回到廂型車前脫掉防護衣。脫下來的防護衣丟進焚化用的箱子，將其他工具歸回原位，所有作業便完成了。

「這就請人來驗收吧。」

他們叫來房東成富晶子，請她進屋看看。晶子睜大了眼睛讚嘆道：

「好乾淨。真的恢復原狀了。」

「雖然說是室內清掃，但我們也換了部分地板板材，還修補了地板格柵。因為用到五噸卡車，這部分把費用推高了一些。」

「只要打掃乾淨，我沒有意見。」

都忘了。支付清潔費用的不是她，是麻梨奈的母親。

「辛苦了。」

晶子一副沒事你們可以走了的樣子，連意思意思點個頭都沒有便匆匆離開。

公寓空地上還有垃圾袋待清，但等會白井再跑一趟應該就能清空。

「房東也驗收完了，回公司吧。」

「不用等白井嗎？」

「我相信他能處理好。事故物件清乾淨了，再來就得把自己的身體清乾淨。

剛才悶在那熱氣裡，不是流了一身汗嗎？」

汗水和味道香澄都很介意，便二話不說同意了。

「可是那個房東，對房客沒有一點同情和憐憫嗎？」

「基本上當房客要來去不留痕跡，結果卻留了這樣一個攤子，也不能怪人家不講人情。」

「就是有點覺得人情冷暖，世態炎涼。」

「我們幫她打掃了充滿怨恨心酸的房間。妳就當作我們幫她清除了怨念，就不冷也不涼了吧。」

「怎麼感覺很像法師。」

「差只差在驅除的是惡靈還是惡臭。」

收拾好坐上廂型車，五百旗頭的視線便落在香澄手上。

「秋廣，妳那塊木頭。」

「嗯，就是麻梨奈小姐的『全都給我毀滅』。」

「妳帶那種東西回去做什麼？」

「我打掃到一半想到一件事，想確認一下是不是真的。我太多事了嗎？」

「是啊。」

五百旗頭發動引擎，就不再往這邊看了。

「委託的事都完成了啊。」

之後就沒再說話了。

這樣的意思是，別再多管閒事，還是隨便妳？

香澄決定當作是後者。

4

接下來的那個星期天，香澄利用假日跑了一趟江東區有明。麻梨奈工作過的進口車經銷商在這裡有店面。

香澄報上職業與姓名後，櫃台的女子臉上閃過困惑，但馬上就領她到會客室。

等了五分鐘，現身的是業務課的員工。

「久等了。我是業務課的大田真理子。」

「我是『終點清潔隊』的秋廣。」

「我聽說您今天是為了曾在敝公司服務的關口麻梨奈小姐來的？」

香澄解釋「終點清潔隊」除了清掃事故物件，也承辦遺物整理。

「是嗎？得知關口小姐去世，我們也很難過，但遺物整理怎麼會與敝公司有關呢？」

「關口小姐所住的公寓的衣櫥裡，收納了不少的衣服。裡面或許有貴公司的制服，我是想請貴公司確認而前來拜訪的。」

「公司規定離開時要將出借物品歸還……，如果只是確認我們可以幫忙。」

香澄將存在手機裡的衣服照片一張張給她看。但是，她很清楚這當中並沒有制服。這只不過是她用來讓麻梨奈曾經服務過的地方開口的幌子。

但香澄小看了這幌子。因為大田對陸續顯示的照片的其中一張輕聲驚呼。

「我認得這件衣服。這不是公司發的，但關口小姐因為這個一舉成名。」

反而是香澄因這意外的反應有點慌。

「請告訴我當時的情況。」

「您知道東京車展吧。敝公司也是參加企業之一，每年都會在攤位展出當年的概念車。而展示這樣的新車時，不可或缺的就是車展小姐，不知秋廣小姐對這些車展小姐有什麼看法？」

「車展的嬌點，吧？」

「是啊，絕大多數人都是這麼想的。什麼炒熱場面啦香車美人啦，拿一些莫名其妙的歪理大張旗鼓地搞，一定要模特兒穿露胸開高衩的緊身衣或迷你裙。可是，那些不過就是所謂的歐吉桑品味和愛好不是嗎？至少我不相信女性看了那種展示會勾起購買欲。」

字裡行間聽得出含蓄的憤怒。香澄同樣也對車展小姐感到些許不快。新車與豐胸肥臀的妙齡女郎的組合根本是迎合中年男子的性偏好。

「以前這套還管用，因為買車開車的幾乎都是男性。主要購買層是男性，採用身材曼妙的妙齡車展小姐作為行銷手段也算是理所當然。可是時代變了。女性佔購買層的比例足以與男性抗衡，大家也開始對概念車和車展小姐的關聯性產生疑問。近來又因為女性主義的影響，歐美的車展上採用車展小姐的企業也有減少的趨勢。敝公司也不例外，正當公司內部達成共識決定暫時不用車展小姐時，關口小姐突然舉手發言。」
「關口小姐說了什麼？」
「她說，既然如此她自願擔任車展小姐。公司上從董事下至營業所的員工都為之轟動。一般車展小姐都是請人力派遣公司安排，這麼做卻是以公司自家員工來充當。當初也有人持否定意見，認為這提議太荒唐、為出鋒頭不擇手段。但公司的CEO蓋章通過，於是風向瞬間倒轉。」
「好棒的公司文化。」
「這就是當時值得紀念的一張。」
大田與有榮焉般注視手機裡出現的照片。
「這一刻，顛覆了我們公司對車展的概念，同時也顛覆了對關口小姐其人的評價。」
「關口小姐的評價是什麼樣子？」
「以前，她雖然個子高引人注目，個性卻很內向，做事認真踏實，卻總是躲在別人背後。每個班上不是都有一兩個這樣的人嗎？外表有多突出，個性就有多內向的女生。」

「有有有。」

「關口小姐就是。簡單地說，就是不起眼的好學生吧。當然，無論她想不想出鋒頭，重點是認真踏實，對所有的工作來說，這才是最重要的。」

香澄點頭表示同意。進口車經銷商這個業界看似華美絢爛，但在提供有魅力的商品給了解個中價值的人購買這一點上，與其他業界無異。既然動用的是大筆金額，認真與慎重當然更不可少。

「但是，當然她擔任車展小姐參展後，大家對她的觀感就截然不同了。她本人自卑的身高在華麗的舞台上反而發揮了優勢。又因為別出新裁，那一次公司的攤位萬頭攢動，關口小姐一躍成為公司的吉祥物。」

「變成公司的吉祥物，那她本人一定也改變了不少吧？」

「是啊，畢竟，說關口小姐是車展成功的功臣也不為過。她活潑得判若兩人，好像隨時都有聚光燈照著她。啊，對了。」

大田取出自己的手機，將液晶螢幕朝向香澄。

「這是那陣子的女子會拍的。」

地點應該是某家居酒屋。照片裡，包括大田在內的幾名女子圍著餐桌而坐。身高鶴立雞群的那個肯定就是關口麻梨奈。

儘管正在調查她本人，這卻是香澄頭一次看到生前的她。果然就像大田說的，麻梨奈周身彷彿有光。

「車展前車展後，關口小姐都一直在業務課。還好她氣質變了，認真踏實還是沒變，在工作上對我們幫助很大。」

「她是輔佐課長嗎？」

「不是的，關口小姐的工作是各種活動的估價和統計，是很枯燥的事務性工作。正因如此，和當車展小姐時的浮誇花俏模樣才有著截然不同的差異。」

香澄終於要提出最大的疑問了。

「這樣的職場環境讓人聽了好羨慕。不過，這樣的話關口小姐為什麼還會辭職呢？」

大田的神情頓時心痛地扭曲了。

「一定要回答這個問題嗎？」

「站在受託整理遺物的立場，我們有必要了解關口小姐生前對什麼人懷著什麼樣的情感。」

「即使我們公司謝絕收下遺物也一樣？」

「整理遺物是為了家屬，同時也是為了往生之人。」

聽起來很偽善，但香澄這句話沒有一絲虛假。至少此刻香澄是為了化解麻梨奈的怨嘆而奔走。因為她相信，查明「全都給我毀滅」的意思能安慰她在天之靈。

有片刻大田顯得猶豫不決，最後一副不情不願的樣子開了口。

「車展閉幕後過了幾個月，公司的公關課收到投訴，說關口小姐在展示攤位上的表演不容於社會通念。」

「哪裡不容？」

香澄的嗓門不禁大了起來。

「投訴的是一個叫日本謹嚴黨的政治團體。」

大田的嘴角憤憤不平地往下扯。

「說什麼，就社會通念、就倫理而言，都應排除貴公司的活動。今後一概中止，否則我等將向主辦的車展投訴，不排除在會場示威抗議。當初我們公司也以為只不過是有人沒事找碴，但他們每天都來投訴，後來也被搞得很不舒服。對方根本不講常識。要是搞到真的到會場抗議那一天，也會對參展的同業造成困擾。上層協商的結果，決定從下次起，車展恢復原有的形式。」

換句話說，就是向威脅屈服了。

「可是，投訴和倒回去走老路，最受傷的應該是關口小姐吧。看她失望的樣子，我們都很心疼。簡直就像自己的存在價值被全面否定了。」

「我也有同感。」

「公司做出這個決定的第二個月，關口小姐就提出了辭呈。我們雖然慰留了，但她情緒實在低落，沒能讓她回心轉意。」

「您和關口小姐後來就沒有再見面了嗎？」

「是啊。好幾次同事約吃飯她都拒絕了。我想一定是因為公司讓她有不好的回憶吧。一想到這，就覺得很過意不去。」

麻梨奈開始閉門繭居，也正好是這個時期。若與公司發生的事對照，十分合理。

大田的視線再度落在那張衣服的照片上。

「這件衣服雖然改變了大家對關口小姐的觀感，結果卻也給她帶來了無謂的精神負擔。就這一點來說，我認為這是一件造孽的衣服。」

香澄下一個去的是麻梨奈在水戶的老家。

關口家位於幽靜的住宅區一角，香澄登門拜訪時，家中靜得落針可聞。希望這是因家中居喪而安靜，但這不過是香澄自己想太多了。

門牌上刻著彌代榮和麻梨奈兩人的名字。或許是出自於母愛而沒有更改，但香澄覺得這簡直形同數死去的孩子的歲數。

彌代榮將香澄請進客廳。行經走廊時看到了和室的佛堂，但她不好開口說讓她上個香。

「房東告訴我說房間現在非常乾淨。這次真是謝謝你們了。」

「哪裡，那是我們份內的工作。」

「那麼，今天有何貴幹？請款的款項應該已經匯入帳戶了才對。」

「今天我是為了整理遺物的事來拜訪的。」

「我說過要把那個房間裡的東西處理掉的。」

「是啊。只是，衣櫃裡留下的衣服意外地多。我想還是請伯母確認過後再處理比較好。」

「確認？難道妳帶來了？」

「我拍了照。」

香澄將她在房裡拍的衣服的照片一張張滑出來。彌代榮無論看到哪件衣服都不為所動，卻在看到某張照片的瞬間瞪大了眼睛。

一件配色浮誇的西裝外套。

「這件衣服果然令人好奇。」

雖然是預料之內的反應，香澄卻很難受。

「當初打開衣櫃的時候，我也覺得很奇怪。就算是珍重保存曾經交往的對象的衣服，保存西裝外套也很奇怪。而且那件西裝外套和亮片長褲、圓頂禮帽的組合也似曾相識。我想了很久，終於想起來了。原來是《蒼久騎士》這部卡通裡的角色萊茵霍特侯爵的裝扮。」

《蒼久騎士》本來是電玩，暢銷熱賣之餘被改編成動畫。動畫也大獲成功，雖是深夜播放仍取得高收視率。香澄當時也很愛看，所以也才想得起來。

「萊茵霍特侯爵的衣服一般服飾店買不到，想必麻梨奈小姐是在角色扮演的專賣店買的。對麻梨奈小姐而言，這是個不為人知的興趣，沒想到有機會在公司立功。聽說在東京車展展示概念車時，本來是決定不用車展小姐的，原因是與現今的風潮不合。姑且不論是非對錯，麻梨奈小姐自告奮勇擔任車展小姐。只不過車展小姐還是車展小姐，卻是穿男裝。當時她穿的便是這件西裝外套和長褲、圓頂禮帽。」

香澄出示了另一張照片。正是那次車展中，麻梨奈風光扮成萊茵霍特侯爵的模樣。

「麻梨奈小姐的扮裝衝擊了過往車展女郎都是性感美人的常識。不僅如此，高䠷的麻梨奈小姐的男裝非常引人注目，一點也不誇張。她的表演甚至讓企業形象煥然一新，在公司內也備受好評，麻梨奈小姐一戰成名。這也為麻梨奈小姐帶來正面的變化，過去大家只知道她認真努力，從此也認識了她的新魅力。若繼續下去，對麻梨奈小姐而言應該會是幸福的開端，但有一天，某個政治團體卻近乎無理取鬧地前來投訴，於是麻梨奈小姐的幸福時光結束了。來投訴的是因舊時代性別意識而惡名昭彰的極右政黨日本謹嚴黨。他們認為男人就該像男人，女人就該像女人，女扮男裝或男扮女裝都是風紀紊亂。是的，就是您家牆上貼了海報的那個日本謹嚴黨。闗口太太，您都答應讓他們貼海報了，您是不是也贊成那個政黨的主張？而且是從很久以前、和麻梨奈小姐同住時就是了？」

彌代榮目色沉沉，還是不開口。

「麻梨奈小姐的公司收到投訴，決定不再採用麻梨奈小姐的表演。這對麻梨奈小姐而言，形同否定她本身的存在。失去了立足之地，麻梨奈小姐於是辭去了工作。」

「為什麼她會覺得存在被否定了？真是小題大作。不就是被禁了女扮男裝而已嗎？」

「這純粹是我個人的猜測，麻梨奈小姐雖然是生理女性，但是不是在意識上認為自己是男性？」

彌代榮再度陷入沉默。香澄將她的沉默視為默認。

「《蒼久騎士》裡的萊茵霍特侯爵的角色設定，平時是高知識份子，在戰場上則是個勇猛果敢的戰士，然而實際上萊茵霍特是女性，因家庭因素而不得不扮成男性。這樣的設定，不正吻合麻梨奈小姐的境遇嗎？麻梨奈小姐有男性的意識，卻被迫身為女性。正因如此，她才會將萊茵霍特侯爵這個角色與自己重疊在一起，以角色扮演為樂。在車展上，當聚光燈打在自己的扮裝上時，麻梨奈小姐才終於找到了認同真正的自己的地方。可是，日本謹嚴黨的投訴卻輕而易舉地打碎了她的心。透過政治團體阻止女兒女扮男裝的，關口太太，就是妳吧？」

香澄導出的結論極為駭人。為性別不一致苦惱的女兒，與性別觀念守舊頑固的母親同住，當然會產生摩擦衝突。這也就能解釋為何麻梨奈一旦離家後便鮮少回鄉省親了。

『全都給我毀滅』

真實的自己遭到否定，麻梨奈作何感受，香澄只能想像。但她所留下的字句針對的是不肯認同自己的母親和社會，則是一目瞭然。

沉重的沉默流淌了許久，彌代榮終於開口了。

「女兒向來讓我頭痛。」

聲音毫無情感。

「一天到晚和男孩子泡在一起，對家家酒和可愛的衣服一點都不感興趣。但好歹一直到小學畢業前，我都嚴格教導她要像個女孩子，可是上國中又遇到叛逆期，她連裙子都不穿了。我跟她說祖先代代相傳的教誨她也不肯聽。我都不知道打過她多少次。既然生為女孩，就要像個女生打扮得漂漂亮亮的，找個好男人結婚建立幸福的家庭。這才是女人的幸福。大學畢業後她在東京找到工作，我還以為她的毛病治好了就安心了，後來聽說她公司要參加車展，一看新聞，竟然看到男裝的麻梨奈在擺姿勢。我好丟臉好懊悔，就去了日本謹嚴黨的辦事處。處長很能幹，明言會立刻以政治團體的名義抗議。託他們的福，女兒才不用再次做那不知羞恥的打扮。我真的非常感激。」

「麻梨奈小姐絕望了，把自己關在屋裡，斷絕了與外界的接觸，最後在地板上寫下詛咒的話。這樣您還感激嗎？」

「女兒終於回到我身邊了。雖然只剩下骨灰，但又變回了再也不會忤逆我的女兒了。」

彌代榮淡淡一笑。

「無論什麼事，普通、理所當然才是最好的。」

「……我告辭了。」

香澄終於待不下去，起身告辭。她走向門口，彌代榮並沒有追過來。

臨走時，香澄再度眺望這戶人家。一幢隨處可見、平平無奇的獨棟民宅。

然而，對麻梨奈而言，這個家到底是不是她能安心的地方？會不會，那個被垃圾袋包圍得無法動彈的房間才是她的安寧之所？
驀地裡香澄壓抑不住情緒，匆匆離去。

二 腐蝕與還元

腐蝕と還元

1

「無論誰怎麼說，都只能一成。我的地點這麼好，還要再減價？不行不行不行。」

飯窪照子的語氣咄咄逼人，完全沒有商量的餘地。

「不是的，不是要您減價，而是向您說明依照鑑定的結果，有時候無法認定為孤獨死。」

雖然再三解釋強調，照子卻連可能性都不願意考慮。鑑於她的經濟狀況，雖然能理解，但自己這邊也是做生意。

由五百旗頭擔任代表的「終點清潔隊」除了清理事故物件和整理遺物，視情況也從事物件收購。但事故物件的交易價格低於一般行情，孤獨死跌一成、自殺跌三成、他殺跌五成。收購價格也與行情連動，因此無法以照子的出價收購。

「新宿區內三房二廳的中古公寓賣四千萬本來就超低了。少一成就已經很痛了，還要再降，叫人怎麼活啊！」

不知內情的人聽了或許會認為照子太貪心，但五百旗頭不得不同情她。

照子的丈夫在五年前撒手人寰。丈夫留給家人的唯一投資資產便是這間出租公寓，丈夫去世後，這裡的房租便是她唯一的收入來源。租屋人名叫伊根欣二郎，據說從不遲交房租，是個模範房客。若一直平安無事，會給照子帶來定期的房租收入，但今年十一月狀況變了。因為人們發現了伊根的屍體。

屍體是十一月發現的，但根據警方的調查，死亡是十一月後半。整整一週都沒有發現，是因為現場的氣密性佳，而發現時的狀況令人鼻酸。

房東照子才一腳踏進現場就險些昏過去。她說她當下便決心賣掉房子。

「就算是丈夫的遺產，要靠出租死過人的地方生活，這我實在難以忍受。可是那是他唯一的遺產，我也絕對不想賤賣。」

五百旗頭懂得那種因為不吉利想脫手的心情，同時也理解希望能儘量賣得好價錢的心情。

五百旗頭不動聲色地觀察他被領進來的這間客廳。一應物品都很有年頭了，因此看來高級卻頗為陳舊。所以是以前手頭寬裕，現在卻連汰換的餘力都沒有了嗎？

就五百旗頭所聞，照子完全仰賴房租維持家計，沒有自己出去賺錢的意願。四十多快五十歲的人能找的工作也不多，又帶著一個女兒，肯定不敢亂花錢。

「敝公司的鑑定是業界數一數二的。肯定不會讓您覺得是賤賣。」

不花言巧語，不讓人過度期待。這樣的態度恐怕不利於拉生意，但五百旗頭認為這才是符合「終點清潔隊」的談話方式。

照子像是要探究這邊的真意般瞪著眼，最後大概是說累了，短短嘆了一口氣。

「好，那就先鑑定就好。等結果出來再談。」

「很好。」

準備離開飯窪家時，在門口被叫住了。出聲的是女兒麻理子。

「剛才家母失禮了。」

這一位反而深深行禮，恭謹得令人愧不敢當。

「我剛才在隔壁房間，聽到你們的聲音。」

五百旗頭姑且不論，但照子嗓門很大，聽見也不足為奇。無論如何，麻理子會覺得丟臉也是人之常情。

「除了生活費，家母還考慮到我上大學的費用，才會一時失控做出丟臉的舉動。」

「一點也不丟臉。」

麻理子緩緩抬起頭。

「有些人愛錢僅次於性命。有錢總比沒錢好，錢多總比錢少好，天經地義。不需要為天經地義的事覺得丟臉。」

「謝謝。」

「對了，妳和去世的伊根先生熟嗎？」

「不熟。不過有時候有課業上的問題會向他請教。」

「哦，我想也是。抱歉啊，問些怪問題。」

出了門坐進停在外面的廂型車，副駕上的香澄已等得不耐煩。

「好久啊。」

「屋主堅持最多也只能降一成，不肯退讓。」

「我們連現況都還沒看過呢。」

「沒看也大致想像得到。雖然是冬天，卻是放了一整個禮拜。若不是死在大型冰箱裡，冒出來的屍水就會滲入地板。但願他不是死在排水口正上方。」

香澄生生嚥下一口唾沫。曾經有一次，五百旗頭帶香澄和白井二人一起清掃在浴室猝死的物件，那次的現場相當淒慘。因為屍體流出來的屍水沿著排水口向下流，從樓下的天花板滴落。遇到這種狀況，從現場的地板到樓下的天花板都必須全部更換，費時費力費錢。不僅如此，樓下住戶還要求賠償，糾紛拖了很久。說實在的，這種物件香澄避之唯恐不及。

「物件是在西新宿對吧。」

「距離車站幾分鐘的中古公寓。屋齡略高，不過很方便，所以不怕租不出去。作為投資物件最好不過。這位過世的先生應該是個很有眼光的人。」

「再怎麼方便成了事故物件就沒有意義了。」

「讓事故物件再生也是我們的工作啊。」

超渡死去的住戶是僧侶的工作，而淨化被死者的怨念和遺憾污染的房間，則是五百旗頭他們的工作。

前往現場之前還有一個地方要去。五百旗頭將車駛往新宿署。

五百旗頭帶著香澄在櫃台表明來意。帶她同行，有交接介紹的意思。

在會客室等著，出現的熟面孔顯然不太開心。

「這位是秋廣香澄小姐，是吧。今天兩位一起來，有何貴幹？」

來人是負責伊根欣二郎案的強行犯係的上總公次。五百旗頭還在警視廳服務時，曾數度追查同一個案子。因此而結下的緣便一直拖拖拉拉延續到現在。

離職後還拜訪熟識的警察，是為了得到住在事故物件的住戶情報。姓名等基本資料從管理員或屋主那裡也拿得到，但實際生活狀況和屍體發現時的狀況還是警方掌握得更多。曾經在辦案上得到五百旗頭幫助的刑警們雖然覺得麻煩，還是會告訴他們案情。

儘管是老熟人，也不可能輕易透露機密，大多是專題記者會知道的那些，但要比報導出來的內容詳細得多。讓香澄同席，是為了將這既得權益擴大到員工身上。多見幾次面，對方就很難擺出嚴厲的態度。現在這個策略已經見效，即使香澄單獨來訪也有更多人願意透露消息了。

上總似是看穿了五百旗頭的打算，從剛才便一直以懷疑的視線瞪著香澄。

「前幾天，西新宿的一間中古公寓發現了一個叫伊根的人的屍體對吧？」

「是啊，五百旗頭先生接下了那個物件的特殊清掃？」

「狀況如何？」

「當然是需要特殊清掃的狀況。」

「有程度之分吧？」

「屍體發現時的狀況，你應該都聽管理員說了吧？」

「沒聽說詳情。我想了解一下本人的基本資料和有無家人，以便心裡先有個數。」

「我說呢，五百旗頭先生現在是一般民眾了。」

「你們也常常要一般民眾協助啊。上總這樣的人總不會做出忘恩負義的事吧。」

「拜託別說這種挾恩圖報的話。」

上總將他原本細長的狐狸眼瞇得更細這樣抗議。

「不過，署裡是以意外死亡來處理，所以也沒有什麼不便外流的情報。」

「他也還不到因宿疾猝死的年紀吧？」

「四十四、五歲，正常壯年。成立了一家叫『INE RISING』的創投公司。」

「年紀輕輕就當社長了啊。」

「他好像很享受單身。根據鄰居說，女人換來換去，不止兩三個。」

「那樣的單身貴族是怎麼淪落到孤獨死的？既然女人換來換去，一旦中斷聯絡，總會有人直接找上門去才對啊。」

「因為換來換去，才更孤立啊。聽說他和女人在一起的時候，是不接其他女人的電話的。」

「渣男啊。」

「男人不壞女人不愛呢。」

「……真是世風日下啊。」

看了看坐在旁邊的香澄的反應，她一臉憤慨。可見得從女性的角度來看，這男人也是很渣。

「屍體是什麼狀態？」

「一鍋濃湯啊，濃湯。」

五百旗頭自然知道濃湯意味著什麼狀態，香澄多半也能意會。

「是在浴室發現的吧？」

「看來是在泡澡時死亡的。一個人住，再加上浴缸有循環加熱的功能。其他不需要我多說了吧。」

在沒有任何人發現的狀況下於泡澡時猝死，浴缸的溫度因為循環加熱的功能一直維持熱度。屍體在熱水裡加速腐敗，最後肌肉和組織溶解。人肉濃湯就是這樣熬出來的。

「因為不是最新型的設備，循環加熱沒有自動停止裝置，災難就是這樣造成的。在攝氏四十二度的熱水裡泡上整整一週，人體會變成什麼樣子？」

「大概就只剩骨頭吧。」

「想相驗都沒得驗。骨頭沒有撞擊的痕跡，門從內側上了鎖，也沒有第三者入侵的行跡，所以判斷是熱休克而死。上個月底，不是連續好幾天都跟冬天一樣冷嗎？從冷冰冰的浴室外泡進四十二度的熱水裡，血壓一定是大幅震盪了。」

「伊根才四十多吧。心臟有什麼毛病嗎？」

「好像本來就有高血壓。去年的定期健檢被醫生建議要控制飲食。」

「發現屍體的是？」

「公司的部下和管理公司的窗口。伊根不會每天進公司，他是那種在重要關鍵下指令的老闆。本來就拿住家當辦公室，會議也是線上開。但後來電話不接，電郵也不回，聯絡不上。這實在太反常，其中一個部下就直接找到他的住處去了。」

「虧他們能發覺情況不對。」

「因為有前兆啊。」

上總一臉在極近處聞到惡臭的神情。

「浴室裡積的腐臭味從排水口擴散到其他樓層，管理公司接投訴接到手軟。」

這種情況以前也聽說過很多次。人體的腐臭味比淤泥更強烈，即使只是一點點也非常臭。若是啟動浴室乾燥機就更明顯。潮濕的衣物吸附來自排水口的腐臭味，最後的味道一言難盡。纖維一旦吸附了腐臭味，無論洗多少次，用什麼除臭劑都無法完全去除，最後不得不丟棄。

「管理公司的窗口一得知聯絡不上伊根，心裡大概就有譜了。帶著備份鑰匙趕到現場，和伊根的部下一起發現了屍體。」

「你剛說想相驗都沒得驗？」

「肌肉就不用說了，連胃的內容物都溶掉了，死亡推定時間不詳。但還是推定為十月二十七日晚間八點左右，是因為熱水器紀錄了浴缸最後一次放好水的時刻。」

「所以沒有人送終，機器幫忙送終了。聽起來實在不怎麼舒服。」

上總淺淺點頭表示同意。

「伊根沒有家人嗎？」

「沒有呢。父母早就不在了。好像有遠親，不過骨灰是房東領走的。」

這倒是有些令人意外。所以照子對房客還是有幾分同情的？從她堅持收購價格的樣子感覺不到這一面，可見五百旗頭看人的眼光還不夠老到。

走出新宿署正門時，香澄已經一臉憂鬱了。

「聽到人死在浴缸裡就怕了嗎？秋廣。」

「浴室之前也有經驗，可是在浴缸裡是頭一次。從剛才那位刑警先生的話想像起來，感覺不是太好。」

人肉濃湯的確是個能大大刺激想像力的題材。尤其是像自己這種以特殊清掃為生的人，能夠想像出更寫實的狀況，就更刺激了。

屍體警方已經處理掉應該不成問題——這是沒有實際看過事故物件的外行

人才會說的風涼話。沒了屍體不見得就沒事，地點是浴室也不是什麼都能沖掉。不，依照五百旗頭的經驗法則，死在浴缸裡的事故物件，就慘狀而言不是第一也是第二。

在特殊清掃上需要特別留意的是屍水的處理。屍水浸潤會毀了建築材料。換句話說，特殊清掃和建材替換的範圍取決於屍體流出的屍水量。

死在浴缸裡，意味著浴缸裡的水會全數變質為屍水。因而清掃的相關處理、應考慮交換的建材便會遠較一般多得多。香澄擔心的恐怕便是這一點。

還有就是，屍水越多，便越容易附著在清掃人員身上。不單單是味道去不掉，也會提高引發感染症的機率。

五百旗頭向來小心慎謹，行事周全。一得知住戶死於浴室的事實，當下便已設想最糟的狀況，裝備萬全以待。現在欠缺的就只有香澄的心理準備。

「說起來很籠統，但就是百聞不如一見。與其一直想像害怕，乾脆經歷一次現場還輕鬆得多。」

「真的說得很籠統。」

香澄一點笑容都沒有。

「我現在正認真煩惱要不要把頭髮剪短。」

「妳失戀啦？」

「才不是。做特殊清掃，每出一次勤，不洗三次味道都洗不掉。」

原來是這個意思啊，五百旗頭很能理解。他記得在法醫學教室上班的朋友也說過類似的話。

人體的屍臭無可比擬，而且沾附性比什麼臭味都頑強。即使穿著防護衣這樣的完整裝備，頭髮還是容易沾附味道，五百旗頭自己都曾考慮過要不要乾脆理光頭，長髮的香澄想必更困擾。要是去想像手腳一個不小心伸進盛滿屍水的浴缸的狀況，肯定會想逃之夭夭。

「最簡單有效的是理光頭。」

「一點也不適合我。」

「這個說法也是有點籠統，不過無論什麼行業都有風險。所謂的薪水，等於是付給這份風險的報酬。」

「我懂。」

載著兩人的廂型車終於抵達西新宿的現場。雖說是中古公寓，屋齡也才十年左右，感覺並不是特別舊。離西新宿站也很近，不難理解伊根為何選擇此處作為據點。

十二層樓建築的十一樓，一一〇五號便是了。在這類高樓層進行特殊清掃，對其他住戶的顧慮就更加重要。穿著防護衣在現場和電梯之間來去，結果可能會導致病菌散播，所以不得不在該戶門前一次次更衣。工具和補給用的飲用水也必須事先搬過來，雖然費事，但為了維護自身的安全和鄰近住戶的安寧，除此之外別無他法。

在電梯裡看起來像搬家公司，在房門前看起來看健保局職員。應該沒有多少人能看出五百旗頭等人是特殊清掃業者。

「還好現在天氣還有點冷。」

香澄邊穿防護衣邊深有感觸地說。

這次的工作以C級來進行。C級的必要裝備是化學防護衣（隔離浮游固體粉塵及水霧之氣密服）、防化學物質手套、長靴、自給式呼吸器或氧氣筒或防毒面罩，除此之外，防護衣底下還要穿著尼龍材質的衣物，雙重預防屍水觸及皮膚。

「這身重裝備，要是夏天五分鐘就滿身大汗了。」

「就算冬天，十五分鐘也照樣滿身大汗。」

「總比沾上味道好。」

穿戴好裝備，終於要上場了。用向管理公司借來的鑰匙打開門的那一瞬間，可疑氣體便撲面而來。

實際上，因為全身都被面具和防護服罩住，臭味、濕氣和溫度他們都感覺不到。五百旗頭只能以可疑來形容。他不相信鬼神之說，但他認為死在孤獨之中的人，他們的住處明顯存在著殘留的意念。踏進房門的那一剎那，混濁的氣息便爬上肩頭，一股觸犯禁忌的罪惡感從腳底直竄上來。

不知是幸還是不幸，香澄和白井不太有這種感覺，在現場顯得不太愉快卻也沒有害怕的樣子。但這並不代表五百旗頭迷信，這種感覺恐怕是來自體質和經驗。

他在搜查一課親臨屍體發現現場那時便有這種感覺。即使屍體被移走了，背後還是惡寒陣陣。就算事先不知道那裡曾經有過屍體也一樣，所以絕非心理作用。雖然還不到有通靈能力的程度，但五百旗頭能夠接收到死不瞑目之人的意念。

而這並非五百旗頭獨有，凡是走過許多犯案現場的調查員似乎或多或少都有這項能力。因為一課的同事便曾在談天時提起自己也有類似的經驗。

一個成立創投公司，與多名女性交往的年輕社長。在旁人眼中是個黃金單身漢的伊根，在臨死之際有什麼怨恨？有什麼不甘？

公寓的格局是三房兩廳，就單身男子的住處而言，算是奢侈了。每件用品也都是高檔貨，不難想見伊根的高收入。木質地板上黑色的噴濺痕形成一條虛線。

「五百旗頭先生，這個是？」

「警方在搬走屍體時留下的。應該是要走在步行帶上的，真是馬虎。」

不經意朝四周一看，有些鑑識人員採集過的痕跡。看來是做了該做的調查才判斷沒有他殺嫌疑的。垃圾箱裡的東西大概是被鑑識人員帶走了，空無一物。

「人是死在浴室，至少屍水沒有波及到客廳和寢室，也算值得慶幸吧。」

「因為清掃地點只有浴室，所以五百旗頭先生才決定兩個人進行的嗎？」

「白井在另一個地方獨自奮鬥也是原因之一啦。」

也是想讓香澄體驗一下慘烈的現場，但五百旗頭沒說。

沿著黑色的噴濺痕跡走，果然抵達浴室。為了以防萬一，五百旗頭打開洗臉台的架子，確認刮鬍刀、鬍後乳、其他美髮造型用品和化妝水都在。

「打擾了。」

沒有特定對象地招呼了一聲，打開門。

是預料中的慘狀。

浴缸裡的液體表面呈漆黑的果凍狀。這是屍體在浴缸裡被分解所融出的肌肉、組織和內臟在迅速腐敗後變色而成的。或許是鑑識人員曾試圖撈出部分屍體，旁邊洗澡的空間和牆上都沾附了油漆般的黑色液體。

肉眼能夠確認的只有屍水，而屍水中當然擠滿了病菌和各種害蟲，若不能將之全數清除，特殊清掃就沒有意義了。

「頭一件事就是排除髒污的源頭。」

五百旗頭取出了從百圓商店買來的捕蟲網。浴缸裡的液體表面浮著一層固形物，經多番嘗試，發現用捕蟲網撈除最快。

「五百旗頭先生，這些固形物是什麼？」

「油。」

「油？」

「就是屍體融出的脂肪固化以後的東西。吶，家系拉麵上面不也飄著豬背油嗎？就跟那個一樣。」

說完就後悔了。香澄因為這句話，接下來有好幾個星期都不敢吃家系拉麵。

「果凍狀的表面形同蓋子。一撈起來味道就會整個衝上來，小心點。」

一撈起固形物，白色的氣體瞬間在啵啵聲中冒出來。要不是戴著口罩，肯定會當場熏死。撈起的固形物一滴不漏地被丟進塑膠桶。無論如何都不能讓固形物和腐壞液體外流。剝落的皮膚和屍水、排泄物若是黏在水溝內側，乾掉之後不僅會塞住下水道，更會讓惡臭擴散至整棟建築。而且要是讓腐敗物落在下水道深處，要清除也很困難，最後不得不花費巨額的費用。

「這個，全部要靠手動嗎？」

「嗯。也不是不能用水肥車，可是十一樓實在不可能。只能用水桶慢慢搬。」

他們準備了十個十公升的附蓋塑膠桶。這些要用推車一次幾個地慢慢搬。

氣味應該是無色透明的，但不知為何，腐敗液體發出來的味道總讓人有種深紅色的錯覺。一股隨時會衝破口罩侵入鼻腔的恐怖揮之不去。

清除固化的油脂後，成塊的頭髮就出現了。屍體腐壞到一個程度，頭皮會整塊剝落，大致可以看出本人本來是什麼髮型。就連香澄也吃了一驚，停下了回收的手。

看她似乎與驚駭搏鬥片刻，但還是下定決心，撈起了頭髮。

「原來人死了，會像這樣變成一塊一塊的啊。」

嘴裡冒出的這句話，聽起來萬分惆悵。

五百旗頭和香澄慎重地將腐敗液體移至塑膠桶中。除了腐壞的肉體，排泄物也固化了，這些要用手拿起來丟。

將固形物和腐敗液體都移至塑膠桶後，便是擦拭浴缸內側。用過的抹布之後要全數廢棄。擦完，再以專用藥劑殺菌並除臭。若不徹底根絕味道來源，就算開臭氧機除臭也沒有意義。

架上的洗髮精等用品也要一樣不漏地回收。因為這類現場幾乎都布滿了肉眼看不見的病菌。

清空浴缸，將用品全部撤掉，總算抹消了屍體的痕跡。最後將整個浴室殺菌除臭，第一階段的工作就完成了。至於清潔後的浴缸要繼續使用還是廢棄，就交給照子決定。

第二階段是處理用來清理腐敗液體的捕蟲網和抹布類。沾附了屍水的廢棄物全都是感染性廢棄物，無法視為一般垃圾。將這些一股腦全部扔進專用容器，完全密封後搬到走廊。這種專用容器會被送到垃圾場的指定地點，連同容器整個焚化。如此徹底的處理是為了預防二度、三度感染，也是法令的規定。

兩人先將專用容器放在門口，回頭仔細擦掉一點一點的黑色噴濺痕跡。解決了大頭，清除餘黨就輕鬆了。

五百旗頭和香澄脫下口罩和防護衣，拿藍布將這些連同專用容器一起整個蓋住。神奇的是，只要這麼一蓋，別人就不會靠近。

來回四趟搬完裝有腐敗液體的塑膠桶和專用容器，香澄也一副筋疲力盡的樣子。

「累了喔？」

「身體其實沒那麼累。」

也就是說，是精神上的疲勞嗎？香澄的確是接觸了過去不曾在現場遇見的狀況，心累在所難免。

「其實，我進到浴室的那一刻差點吐了。不過我拚命忍住了。」

「忍得住就很了不起了。」

但願不是白折騰。否則要香澄同行豈不是失去意義。

「對了，我說秋廣啊，這次我們專注在浴室的特殊清掃上，但看了其他房間妳有沒有覺得哪裡奇怪？」

「也不算奇怪，就是有注意到幾個地方。」

「說說看。」

「我想五百旗頭先生也看到了，洗臉台的架上，美髮造型品裡有幾瓶化妝水。那個是女用的。」

這個五百旗頭也注意到了。

「經過廚房的時候，餐具架旁邊也有一排調味料，裡面有巴沙米可醋和肉桂糖。」

「有那些很奇怪嗎？」

「那類時髦的調味料是愛好烹飪的人在用的。可是，廚房一角卻有炒麵泡麵的空紙箱。一定是住戶整箱買的，可是愛好烹飪的人會成箱的買泡麵嗎？」

「說矛盾的確是矛盾。那，秋廣妳做出了什麼結論？」

「也沒什麼結論，就是如果說他和不止一名女性交往，就很合理。住戶本人完全不下廚，但交往的女性當中有人喜歡做菜。化妝水也一樣。在那裡留宿的日子多了，女用的洗面乳等等自然也會變多。我想洗面乳當中也有女用的，只是可能被警方收去了。」

「既然合理，那哪裡引起了妳的注意？」

「我總覺得有點怪怪的。」

香澄似乎找不到吻合自己想法的詞語。

「住戶會不會是向每個女性表明了自己同時與多人交往的事？化妝水也好，調味料也好，要說藏也沒有，要說故意顯露也沒有，感覺不上不下的。要藏的話，化妝水和調味料應該都會收在看不見的地方，要顯露的話，應該會把另一個女朋友留下來的替換衣物啦，梳子、牙刷之類的放在不想看都會看見的地方。」

「那，秋廣有什麼印象？」

「明明同時交往了很多人，卻臨時來了一個他不願意曝露此事的人，所以在看得到的地方消除其他女人的行跡，但匆忙之下藏得不夠徹底。」

聽香澄宛如說故事的語氣，五百旗頭不禁苦笑。

「猜得好。妳可以去當刑警了。」

「才不要。」

「否決得這麼乾脆啊。」

「光是給死去的人收拾善後就這麼累了。」

回到事務所，五百旗頭做完給照子的請款單，便打電話給上總。

「該當物件剛剛清掃完畢了。」

『辛苦了。』

「浴缸的特殊清掃再來多少次也習慣不了啊。」

『我這邊也是啊。每次都有人一看現場就想吐。』

「不光浴室，客廳和寢室鑑識的也都查過吧？」

『因為在判斷為意外之前都要進行正常的搜查啊。』

「我看了現場，有很多可疑之處。」

『五百旗頭先生。』

上總的語氣有警戒之意。

『話先說在前頭，五百旗頭先生已經是一般民眾了。請不要涉入犯罪調查。』

「我沒有要涉入犯罪調查，只是收集必要資訊好計算清掃費用而已。鑑識翻過垃圾筒了吧。有沒有什麼懷疑不是意外死亡的東西？」

『要是有就不會判斷為意外死亡了。你到底當我們署是什麼啊。』

新宿署轄區內當然有在地的幫派，再加上小混混和中國黑道，紛爭從來沒有少過。因此，案件數在警視廳轄下也是遠多於其他署。對非他殺的案件自然免不了有儉省人力的傾向。

「我知道你們有慢性的人手不足，忙不過來。也希望我收集的情報能幫上新宿署的忙。」

通話中產生了片刻沉默。感覺得出上總正在評估這邊的提議。

『五百旗頭先生，你這些話有幾分是認真的？』

「起碼我至今從來沒有做過不利於警方的事。」

『話是沒錯啦。』

聽來警戒降低了。打鐵要趁熱。

「你說過，伊根欣二郎女人一個換過一個。這消息是哪裡來的？」

『屍體的第一發現者，伊根的部下說的。』

「哦，他在公司裡也是出了名的情聖啊？」

『不是，是因為他交往的女性全都是自己的部下。而且，發現屍體的那個也是其中之一。』

這下，五百旗頭吃驚得下巴都掉了。

2

伊根的公司位於新宿區荒木町一角。事先已知辦公室設於複合式大樓，但去到那裡一看，似是一幢建於平成初期的舊建築，五百旗頭因而有點意外。

但意外之感僅止於此，一踏進七樓的辦公室便印象丕變。沉穩的裝潢與輕柔的背景音樂，令首次來訪的五百旗頭也能放鬆。辦公室本身並不大，但家具的配置下過功夫，並不會令人感到狹窄。

五百旗頭向坐在離入口最近的員工表明了來意，那人先是垂了眼，但隨即領五百旗頭到會客室。

等候數分鐘，來的是一個年約三十多歲的女子。

「我是秘書濱谷智美。」

那樣子倒不像女強人，更像一個嚴格管理時程的舞台監督。她垂著眼，不肯看五百旗頭。

「非常感謝您清潔社長家。我想，這樣故人也能去得安心。」

從「這樣」這個詞，可見她也知道房間的慘狀。

「聽說濱谷小姐是屍體的第一發現者？」

被人單刀直入地這麼一問，濱谷智美或許是想起了當時的光景，一臉不適。

「在公司裡我也經常輔助社長，我想這一定也是緣份吧。」

「說到緣份，你們在私底下是否也有很深的緣份？」

一聽這話，智美便眼神不善地瞪過來。

「這真的是個人的私事，請問和『終點清潔隊』的業務有什麼關係嗎？」

「已故的伊根先生沒有家人嗎？」

「沒有。雙親去世，他本人聽說也是獨生子。」

「這就傷腦筋了。」

五百旗頭一副為難狀地搔了搔頭。

「敝公司除了特殊清掃也承辦遺物整理，我們現在正在苦惱，不知伊根先生留下來的東西到底該分給哪些人才好。」

「分遺物，是嗎？伊根社長這個人對名牌不怎麼感興趣，我想他並沒有穿戴過高價的東西。」

「即使您在公司裡經常輔助伊根先生，但私生活應該另當別論吧？既然如此，他擁有哪些資產您應該是不知道的。」

智美不甘願地咬了唇。

「我聽說『INE RISING』是新創公司，具體上是開發什麼樣的產品呢？」

「我們做的不是商品開發，是企劃。近幾年是做無人機的新型廣告宣傳活動。」

「要操作無人機，取得土地所有人和管理人的同意不容易吧。我記得好像還有道路交通法的限制？」

「您內行。但敝公司的企劃也包含了在大型活動或演唱會會場的演出，利用目的很廣泛。」

根據她的說明，是以無人機將巨大的紙製鯨魚飄在空中，或是在空中呈現立體的廣告素材。有效利用無人機這個現成的利器，劃時代的創意確實令人佩服。

「託福，敝公司的業績持續成長，毛利也年年創新。利益當然反饋給員工，基本薪資每年都調漲。」

「好厲害。」

「當然，社長拿到的報酬也年年成長。但是，伊根社長並沒有買名牌買房子，錢都花在吃喝交友上。」

「他是有多少花多少的人嗎？」

「他自己說，他是天生的享樂主義者。」

「他的享樂主義想必也包括異性關係吧？」

「這我不否認。我對警方也這麼說。」

「您本身也與伊根先生交往過吧？」

智美瞪著五百旗頭，最後卻嘆了一口氣，像是在緩和怒氣。

「那種關係實在說不上是交往。」

「妳不喜歡他？」

「怎麼可能喜歡。關係是被強制的。」

一旦開始說，智美就越來越激動。

「我的工作是秘書，二十四小時都和伊根社長在一起。新創公司都這樣，員工人數少，每個人要負責的業務範圍就很大。加班或假日上班自然而然變成常態，和社長在一起的時間也會變長。」

「在一起的時間一長，發展成男女關係也就不足為奇了。」

「不是那樣的。」

智美語氣變強了。

「我只不過是社長發洩壓力的工具。」

「您這就太貶低自己了。」

「不是貶低，是實話實說。身為社長，在客戶和員工面前必須展現他的能力和誠懇。實際上社長是有能力，卻絕對算不上誠懇。」

智美的話中漸漸開始出現怨毒。

「外面裝得越好，就累積越多壓力。」

「而這些壓力，便朝著總是形影不離的妳去了？」

「我知道社長和其他員工也有一腿。他和我之間不是男女關係，沒有那麼美好，我純粹是他權力騷擾的對象。說什麼我接待客戶累壞了，換妳來療癒我，敢不聽我的，就把妳調回去當業務。」

「這麼明顯的權力騷擾，分明有不少方式可以拒絕啊。」

「一天到晚在一起，對道德和一般常識就會漸漸麻痺。感覺就是社長說的都是對的、不聽話就是違規。我知道如果有正常判斷能力的人會覺得奇怪，可是這種感覺別人不太能理解。」

「妳去過伊根先生家嗎？」

「加班錯過末班車的時候常去。」

「妳會想要伊根先生的遺物留念嗎？」

智美考慮片刻，緩緩抬起頭來。

「其實我並不想要社長的遺物，卻又覺得我有得到的權利。很矛盾就是了。」

「我倒覺得不會矛盾。」

愛恨不是算帳，無法一清二楚。但五百旗頭並沒有說出來。

「審問完了？」

「說什麼審問，不敢不敢。只是為了分贈遺物問一些形式上的問題。」

「您會來問我，可見得您也打算問其他女同事同樣的問題對吧？」

「您這麼善解人意，真是太好了。」

「我這就讓她們一個一個來。請稍候。」

下一個出現的，是二十多歲將近三十歲的一個肉感女子。

「你好，我是公關課的石田未莉。」

這一位和智美截然不同，從打招呼開始就緊迫盯人。

「聽說您清理了伊根社長的住處。真的很謝謝您。」

「您知道為何會被叫出來吧？」

「是為了向曾經與社長有個人深入交往的人，確認有沒有領回遺物留念的意願對吧。那我就開門見山，我積極舉手報名。」

未莉當場便舉起手，言行一致得令人讚嘆。

「我認為在拿遺物之前應該要有精神賠償。」

「精神賠償？怎麼說？」

「我不想說死人的壞話，但我受到上司的性騷擾。」

權力騷擾之後是性騷擾嗎？

「伊根社長的風評，您聽說了嗎？」

「在客戶和員工面前維持有能力和誠懇的形象。」

「啊——，這是秘書濱谷小姐的說詞吧。不過社長雖然有能力，卻不誠懇。他在員工之間，是個平易近人的好色大叔，很受愛戴。」

「這是公開的嗎？」

「我們員工通常都叫他『阿欣』。他不會擺架子，平易近人，大家都喜歡他。大家叫他『阿欣』，他不僅不生氣，還很高興。」
「一個備受員工喜愛的社長會性騷擾啊？」
「他會說『人的下半身也有自己的個性』，以有委託或指示給公關課為由來接觸我。啊，這個『接觸』是字面上的接觸。」
「我聽說的是石田小姐和伊根先生交往，不是嗎？」
「交往這個說法有語病。那是性騷擾的延續，我是被迫交往的。」
「沒有想過抗議嗎？」
「這裡薪水很好，而且風氣也不容一般員工拒絕。因為我們公司沒有公會或心理諮商這些時髦的東西。」
未莉透露了不合理的待遇，卻也很誠實。
「我沒有鬧出來還有另一個原因。和伊根社長上床，他會給我不少零用錢。感覺很像被收買，但總比被白嫖好。」
「妳一定很生氣吧？」
「是很生氣。可是畢竟是『阿欣』啊。麻煩的是，又恨不起來。所以，像我這樣，我覺得我有資格獲贈遺物。」

「妳是被性騷擾呀？」

「性騷擾本身雖然是很惡劣的行為，不能原諒，但是伊根社長卻有一種令人難以抗拒的魅力。所謂『英雄多好色』，就是這種感覺。」

未莉說這種話，極有可能讓人攻擊她本身也助長了性騷擾。

「妳也在伊根先生那裡過夜過好幾次吧？」

「我是沒有數過啦。」

「我想請教一下以作為分贈遺物的參考，請問屋裡有高價的東西嗎？」

「唔——，他是個對名牌一點興趣都沒有的人。錶是國產的，西裝全都是成衣。啊，牆上有一幅石版畫，那個可能很值錢。」

伊根屋裡確實有值錢的東西。但不是石版畫。

是酒。

這是聽查驗現場的上總說的，陳列在餐廳一角那個家用酒櫃裡的酒，很多都是超高級品。其中有一瓶價值三百萬的一九五九年香檳王。然而就這次談話聽到的，智美和未莉都沒有提到酒。是伊根沒讓她們知道呢，還是她們在五百旗頭面前絕口不提？

「一個人再怎麼好，肚臍以下也是另一個人。這是我從『阿欣』身上學到的。」

「學費很昂貴嗎？」

未莉想了想，緩緩搖頭。

「現在還不知道。」

第三名女性帶著極其消沉的神色走進會客室。

「我是業務課的矢野貴子。這次非常感謝您清理伊根社長的房子。」

深深低頭的姿態，彷彿故人的血親。

「我聽說您是要談分贈社長遺物的事。」

「是的。我想請有資格獲贈遺物的人提供一些參考意見。」

「您要參考意見，我也只能說，伊根社長是一個很好的人。」

「您指的是作為新創企業的創業家，還是伊根欣二郎個人呢？」

「兩者皆是。」

答得毫不遲疑。

「伊根社長身為創業者，卻一點也不驕傲，對我們業務的每一個人都主動親切交談。從不考慮聚私財，公司賺錢就回饋給員工。」

「原來如此。那麼就異性而言呢？」

「他是個沒有私心物欲的完美男性。」

即使是人死為大，能夠把人誇到這個地步，想必是被戀愛矇蔽了雙眼。她對伊根的評價與同為交往對象的智美和未莉相差甚遠。

「聽說您曾與伊根先生交往。」

「這是公司內公開的秘密。除了我，還有秘書濱谷小姐和公關的石田小姐。」

「腳踏三條船的男性還是完美？」

「濱谷小姐和石田小姐都只是玩玩的對象。既然只是玩玩，有多少人又有什麼關係？」

原來事情還能這麼想。

五百旗頭忽然想到一個不懷好意的問題。

「不好意思，請問矢野小姐，您怎麼能確定自己不是玩玩的對象？」

「我和她們兩人不同。」

貴子毅然決然地說。但願妳不是瞎了眼還自作多情——五百旗頭明知多管閒事仍這麼想。

「濱谷小姐和石田小姐都是阿欣……伊根社長洩欲的工具。在這方面，我和社長之間是有精神上的連結的。」

貴子的語氣實在充滿自信，五百旗頭越問越對她感到同情。一個人出了社會，還在現實與夢想的夾縫間徬徨。每個人都有自己的生活方式，旁人沒有資格干預，但他不禁認為這樣的人只怕會越來越難以接受現實。

「您認為自己有資格成為獲贈遺物的人選？」

「伊根社長沒有親人。但現在有我。我敢說，我是最接近他的血親的人。所以我當然希望能獲得他的遺物。」

「您與伊根先生之間有什麼承諾嗎？例如婚約的信物之類的。」

「沒有。」

貴子再度消沉。

「因為我們並不急。我一直都是在固定的日子和他用餐，在他那裡過夜。我一直以為這樣約會下去，將來那也是水到渠成。我作夢都沒有想過社長會以那種形式過世，所以有點後悔沒有明白說出來。」

「關於分贈遺物，您有想要什麼特定的東西嗎？」

「只要是他曾經穿戴的東西都可以。衣服、戒指、小東西都好。」

「也許有那些以外的值錢的東西。」

「我不打算換成錢。只要是能夠感受到他的溫度的東西就好，骨灰也可以。」

「很遺憾，骨灰已經由住處的房東領走了。」

「那真的很遺憾。從發現屍體到火葬的時間實在太短，我沒有機會提出來。」

貴子彷彿想起什麼，語氣沉了下來。

「阿欣……是獨自一人死去的吧。」

「警方認為是死於熱休克。很像心臟麻痺，所以應該沒有太痛苦。」

「可是那還是孤單一人，沒有人給他送終。而且從死到被發現，一直都被放在浴缸裡煮。他一定很熱，很痛苦。一想到社長的心情，我就好不甘、好難過。」

不久貴子便掩著臉，開始發出細微的嗚咽。

看慣哀愁場面的五百旗頭俯視著貴子的頭，猜想生前的伊根是個什麼樣的人。端著好人的面孔將公司的女性一個睡過一個，不知是出於興趣還是投資，收集高級紅酒引以為樂。日日酒色相伴，顯然正如他本人對智美說的，伊根是個鐵打的享樂主義者。泡在熱呼呼的浴缸裡壽終正寢，這樣的一生不也是享盡了男人能享的福嗎？

「請問，」

聽到貴子的聲音，五百旗頭回過神。

「可以的話，我可以拿社長的手機留念嗎？裡面一定有社長和我的通信紀錄，是最好的紀念。」

手機應該是被上總他們拿去，在判斷沒有他殺嫌疑時就歸還了。只不過裡面應該不止有他和貴子的通信紀錄，和其他女人的可能也留了下來，是否能夠成為她美好的紀念相當微妙。

「我問問看。」

3

翌日，五百旗頭前往新宿署拜訪上總。

「我手上可是有好幾個案子。」

「我知道。」

「不惜剝奪我寶貴的時間找我面會，想必是要告訴我對警方有意義的事吧？」

「不會讓你吃虧的。」

聽五百旗頭這麼回，上總才在會客室的椅子上坐下來。

五百旗頭說了死去的伊根欣二郎在公司內的風評，又是在什麼前因後果之下與三名女性交往。聽完上總一臉不甘地扭曲了表情。

「我只問過秘書濱谷智美。沒想到伊根除了職權騷擾又性騷擾。」

「員工人數少的新創企業大概就像個大家庭吧。家庭內部的糾紛不太會外傳。」

「的確。不過五百旗頭先生，就算有這些背景，伊根欣二郎死於意外仍是無可動搖的事實。」

「這可就難說了。」

「請不要說這種危言聳聽的話。」

「我沒有危言聳聽的意思。只是看到現場那時候的違和感怎麼樣都揮之不去。」

「違和感到底是從哪裡來的？」

「這個我還不敢說。」

「也就是沒有證據了。」

「就算沒有證據，走遍無數現場的一課刑警就是會覺得不對勁。如果說是這類違和感，你能接受嗎？」

身為現任刑警的上總一臉不爽地閉上了嘴。

「我想順便看一下你們從伊根屋裡扣押物一覽表。」

「讓你看了新宿署會有什麼好處？」

「憑著我們共事過的關係，你應該知道我的違和感沒那麼不值錢。」

「這倒是。」

「一度以意外死亡處理的案子後來又翻案認為有他殺嫌疑。到時候，事前是否曾提出疑義事後的評價也會有所不同，你不認為嗎？」

「證實不是他殺的話有什麼壞處？」

「都已經以意外死亡處理了，不會造成任何人的困擾，也根本不會有人把這當成問題。」

上總默默離開，不久後回來，手上拿著一個檔案夾。

「因為是五百旗頭先生，我才讓你看的。」

說著把東西丟到茶几上。
「不能外洩哦。」
「那當然。」
檔案裡是鑑識結果和扣押物一覽表。現場有數種伊根以外的不明毛髮、不明指紋和足跡。這些肯定是在他那裡過夜的女性留下的。
只不過，浴室內無法採集到伊根以外的毛髮和體液。這也是判斷死者本人死於熱休克意外的依據。
垃圾筒的內容物沒有特別引人注意的。就是專題報導無人機的科學雜誌和商業報紙，以及炒泡麵的容器和免洗筷。
「家裡明明有那麼多稀奇的調味料，卻成箱的買泡麵。看來他本人根本不下廚，是叫交往的女人做。」
「有他本人的手機嗎？」
「就放在廚房的餐桌上。上了鎖，鑑識努力拼出密碼解鎖，查過內容。裡面登錄的主要是客戶和員工的電子信箱，通信紀錄裡也沒看到可疑的。秘書濱谷智美、公關課的石田未莉、業務課的矢野貴子都發了極私人的訊息，但這些與伊根的行徑比照，都可以解釋。」

五百旗頭聽著上總的說明，視線一面在扣押物一覽表上巡視。

奇怪。

伊根住在那裡理所當然會有的東西，並沒有出現在一覽表上。無論看多少次結果都一樣。

「這支手機，檢查完內容以後怎麼處理了？」

「應該是在公寓房東那裡。本來是要還給親人的，但伊根沒有親人，所以只能交給領回遺骨的人。」

「這個伊根有一點讓我覺得很奇怪。他的名字。伊根沒有兄弟是不是？雖然取名並沒有規定，但他叫『欣二郎』，一般二郎不是給次子取的名字嗎？」

「是有過兄弟啊。」

上總臉色嚴肅起來。

「為了找人領回遺骨，我們也查過伊根的戶籍。所以才查到的，是四十年前的往事了。」

上總的說明如下：

昭和五十五（一九八〇）年六月，當時的浦和署收到一通來自一名少年的通報。說七歲的哥哥倒下沒有呼吸。

這時候應該是打電話給一一九而非一一〇，通信指令課的接聽人員這樣回答，但還是讓最近的派出所派警官趕過去。結果少年並沒有誤報。因為倒在公寓房間裡的伊根桂一郎已衰弱而死，而且身上傷痕無數。

警方立刻請母親伊根季實子及同居人澤村誠治到案說明，澤村坦承平日對桂一郎加以虐待，當場被捕。而母親季實子也默許澤村的暴力，因此以共犯被捕。

伊根季實子本是單親，在工作地點認識了澤村，兩人走近後，於五十四年開始同居。不久澤村便對桂一郎施加暴力。

對桂一郎而言，要喊一個突然登堂入室的男人父親，心中難免排斥，對澤村自然是叛逆的。於是以「管教」為名的虐待就此展開。

報警的是當時五歲的欣二郎，他後來被母親的娘家收養，但被判徒刑的季實子在收監的監獄病死，從此成為無依無靠的孤兒。高中畢業後離開母親的娘家，之後走過什麼樣的人生不得而知。

「一個舉目無親的人嶄露頭角成立了新創企業是嗎？」

「他和母親的娘家可能也處得不好。畢竟他的遠親都拒絕領回骨灰了。」

五百旗頭覺得他找到伊根好酒好色的原因了。

五歲是才剛開始記事的年紀，他眼中看到的卻是虐待兄長卻不以為恥的家人。本應是唯一的依靠的母親都投向虐待那一方，但五歲的自己無能為力。恐怕還被兩人嚴厲勒令不許對別人說，可以想見他要報警需要相當大的決心。

雖然是想像，但考慮到報警後事情的發展，不難推測欣二郎的心痛。一個少年有過這樣的童年，對「家庭」產生質疑，成為享樂主義者也在情理之中。

「孤獨了一輩子的男人最後在孤獨中死去啊。」

「怎麼了？怎麼這麼感傷？」

「我可沒有感傷。這個，謝啦。」

五百旗頭把檔案推回去時，也不忘按規矩打聲招呼。

「這個案子，搞不好會翻案。」

走出新宿署，五百旗頭直接前往飯窪家。

「伊根先生的手機嗎？有的，的確是我代為保管。」

照子說得像保管得很不情願。

「骨灰啊，是因為伊根先生常常幫麻理子看功課，出於感激我才領回來的，但說真的，連手機都放我這實在不太好。你也知道，手機這個東西就是存放了一個人所有的隱私呀。一想到這，就覺得怪怪的，你說是不是？」

「您的意思我明白。畢竟不止人際關係、常去的店家、喜好什麼的都在裡面，自拍和一些更赤裸的私生活也都被保存下來。正因如此，可以說是非常重要的遺物。」

五百旗頭表明了相關人士當中有人希望領取包括骨灰在內的遺物，照子便露出鬆了一口氣的安心表情。

「哦，這是好事啊。當然是給想要遺物留念的人才好。」

「您打開來看過嗎？」

「怎麼可能！」

照子豎起雙掌否認。

「我可不想管別人的隱私。我最討厭那些了。」

「對了，飯窪太太，您酒量好嗎？」

「不好，一點也不好。我從來都是喝個甜酒都會醉，毫無酒量可言。」

若是告訴她伊根所藏的酒每一瓶都價值不菲，照子會有什麼反應呢？

手機外殼沒有任何損傷，開機也順暢無阻。五百旗頭用上總告訴他的密碼打開了手機。看了一遍通話紀錄和照片，果真如上總所說的，沒有發現任何預期外的東西。

「飯窪太太和伊根先生聊過嗎？」

「因為他幫女兒看功課，所以見面的時候會道個謝。」

「有沒有聊到私事？」

「完全沒有。每次都是打個招呼說幾句而已。」

五百旗頭並不打算把伊根慘烈的過去告訴照子。往生者總不可能希望人都死了隱私還遭到侵犯。

「對了，我看過打掃過後的房間了。真的很乾淨，也完全沒有味道，我好驚訝。」

「因為除臭效果出來了，之後只要讓房子通風就沒問題了。」

「我覺得那樣就夠有勝算了。謝謝。」

「不，您現在高興還太早了。」

「可是，那是意外呀？」

「有些地方還不確定。所以我想再看一次房子。」

向照子借了鑰匙，進了那個房間。不同於特殊清掃的時候，沒有穿戴口罩和防護衣走進房間，有種新鮮感。

除臭劑的味道還很濃。和屍臭比起來形同香水，但拿來和屍臭比較，對除臭劑未免太失禮。

五百旗頭站在玄關，探測氣場。清掃時感覺到的那種不祥的壓力雖然已經衰減很多，殘留的仍足以令人裹足不前。儘管房子已經打掃乾淨，還是有一些不乾淨的東西清不掉。

再等等，再給我一點時間。

除了被扣押的東西，屋內維持著警方臨場時的樣子。那麼，只要找到要找的東西，就能消除五百旗頭的違和感。從玄關依序找過餐廳、廚房、客廳、寢室。最後趴在地上找遍每一個角落。

這裡還沒有斷電，家用酒櫃靜靜地持續運作。為萬全起見，酒櫃內部也摸過了，還是沒找到要找的東西。那本就不是會藏起來的東西，被人隨手亂放是理所當然的。

然而，在屋裡再怎麼找還是找不到。

狀況越來越不明瞭，五百旗頭來到一樓才注意到集合式信箱。那不是轉盤式密碼鎖，而是電子鎖，便以手中的鑰匙打開。

反正寄來給伊根的東西都會成為被分贈的遺物。一打開信箱，裡面堆積的郵件便滿出來。

一封封查看寄件者。沒有一封是以個人名義寄出的，幾乎都是廣告信和帳單之類，再不然就是傳單。

但其中有一封引起了五百旗頭很大的興趣。雖然有觸犯妨害書信秘密罪之嫌，五百旗頭還是咬牙看了內容。

那一剎那，所有的拼圖都歸位了。

4

幾天後，五百旗頭將希望分贈遺物的三人邀請到伊根的住處。

「伊根欣二郎先生留下的財產估價出爐，向幾位報告一下。只不過雖說是財產，存款和公司股份是伊根先生與『INE RISING』的共有財產，能夠作為遺物分贈的，僅限於這屋內的東西。」

濱谷智美、石田未莉以及矢野貴子三人一臉理解地點頭。

「三位都曾與伊根先生交往，我想三位都明白，但還是再強調一次，首先，衣物都是成衣，沒有古董衣的價值。手錶、領帶夾等飾品也一樣，就算去當鋪也會被殺到不值一文。不過手機就不同了，是最新的機種，而且一直到過世當天的通訊紀錄都保存在裡面，沒有刪除。」

貴子首先舉手。

「若其他兩位沒有意願，那支手機可以給我嗎？」

「與其他人的通訊紀錄也都留在裡面哦。」

「沒關係。」

「那麼，手機就交給矢野小姐。」

其餘兩人雖然客氣，也開始物色屋裡的東西。這裡她們都很熟悉，想來是在確認什麼東西在哪裡。

「請問，」

舉手的是智美。

「每次來我都想問伊根社長，結果都不好意思問。餐廳的酒櫃裡的酒很值錢嗎？」

「很高明的著眼點。」

「因為一個對名牌和置產都沒興趣的男人的房間裡，就只有那裡氣氛不一樣。」

「就結論而言，伊根社長收集的都是高級葡萄酒。」

五百旗頭掃過自製的單子，一一唸出：

「〈DOMAINE GOMTE GEORGES DE VOGUE〉、〈CHATEAU LATOUR 1997〉、〈CHATEAU CLIMENS 2001〉、〈CHATEAU CHEVAL BLANC〉、〈SCREAMING EAGLE THE FLIGHT〉、〈CHATEAU HAUT BRION BLANC〉、〈CHATEAU D'YQUEM〉、〈GAIA & REY GAJA〉、〈CRISTAL CHAMPAGNE ROSE/ LOUIS ROEDERER〉。啊，各位，請不要用手機搜尋酒名。」

五百旗頭提醒不約而同拿出自己的手機的女子們。

「當然高級葡萄酒在價格上也有高低之分，便宜的兩萬，貴的據說可以高達三百萬。但是若三位知道價錢一定會爭搶起來，所以請三位憑自己的直覺和眼光來均分這些酒。」

五百旗頭自己當然已事先查好每一瓶酒的行情，但這時候不說為妙。

此時，貴子為了發言再度舉手。

「有什麼事呢，矢野小姐。」

「打掃這個房間，費用不低吧？」

「畢竟都稱為特殊清掃了，除了殺菌、除臭之外，還有很多要特別處理的地方。」

「費用總共多少呢？」

「詳細數字我不方便說，但應該超過這間公寓的保證金。」

「既然如此，那能不能用賣掉這些酒的錢來作為特殊清掃的費用？本來就是打掃伊根社長住的房子，用伊根社長的酒的錢來付才合理。」

旁邊智美和未莉瞪著貴子，一副誰要她多嘴的樣子。

「矢野小姐的提案非常合理也令人感動，但這類案例是有法院判決先例的。

判定在租約上，租借人有義務在不自殺的前提下使用物件。換句話說，若是自殺，租借人便違反了義務，得以基於不履行債務提出損害賠償。但同時，包括病死在內的自然死亡，因物件是租借人的生活據點，衰老和意外死亡在可預測的範圍內，因此若非有特殊情由，不得基於不履行債務而提出損害賠償。因此，由於現狀是伊根先生無法表明意見，他又被判斷為意外死亡，變賣他的資產作為清掃費用有可能被視為違法。」

「這樣啊。」

貴子還是一臉不服氣的神情。

酒櫃裡的酒在五百旗頭眼前一一被取出。總共二十九瓶，因此智美與未莉各十瓶，貴子九瓶。

智美和未莉臉上寫滿了期待。簡直和抓緊馬券的老頭一模一樣。

「讓我補充說明一下，這些高級葡萄酒的溫度和濕度都受到嚴密的管理。說得誇張一點，據說離開酒櫃幾十分鐘味道就會開始變質。」

三人互看一眼，趕緊將自己分到的酒放回酒櫃。

「儘管只是暫時的，但手邊要存放這些高級葡萄酒，在保管上必須有相當的講究。請三位要有心理準備，這些保管所費不貲。」

三人頓時開始惴惴不安地動來動去。

「最後再奉勸幾句。這對我來說，是有些僭越了，但因為有打掃往生者住處的緣份，還是讓我說說吧。」

三人緊盯著五百旗頭，不知接下來會是什麼。

「各位是否聽伊根社長提過他的身世或家庭環境？在公司裡與他形影不離的秘書小姐知道嗎？」

「不知道。創業以來的驚濤駭浪聽說過好幾次，但學生時代和那之前的就完全沒有聽說了。只知道雙親很早以前就亡故了。」

「因事關往生者的隱私，便恕我割愛了，但伊根欣二郎此人於童年時期心靈深受創傷。家庭本來是療傷的地方，他卻是被家庭所傷，我猜他對所謂的家庭和家人應該是絕望了。對家庭絕望的人，大致可以分成兩種，一種是努力建立自己理想的家庭，而另一種則是死都不肯組成家庭。」

「您的意思是，伊根社長是後者？」

「我是這麼認為的，石田小姐。組成家庭，不能沒有異性。然而，對一個劈頭否定家庭的人而言，異性就只是異物。對待起來當然不用心，現實而不負責任。有才能又平易近人的伊根先生會對員工權職騷擾、性騷擾而不以為意，我覺得原因或許就在這裡。」

貴子的臉色變了。那神情彷彿是被信奉的神明辜負了。

「他本人以享樂主義者自居非常貼切，多半也是真心話。他既不知道有別的方法可以享受人生，也不願試著去探索。當然，一個人要怎麼活是他的自由。沒有人可以否定伊根先生的生活方式。我認為，他對他的人生很滿意。每天都有美酒佳人相伴。交給各位的酒，說起來也是伊根先生的人生的象徵。是很難得的遺物。希望各位能夠好好品嚐。」

五百旗頭認為只怕這三個人當中不止一個，或是三個都想把這些高級酒賣掉。現在這個時代，一般個人輕而易舉就能在網路上從事買賣。伊根留下的這些高級葡萄酒，肯定轉眼間就能找到買家。看是落入懂得紅酒的風雅人士之手，或者是輾轉於純粹視之為投資標的的富人之間。伊根本人對高級葡萄酒最終的去向有何期待沒有人猜得到。

只不過，無論以什麼方式來處理葡萄酒，若是伊根的想法和執妄依然不為人知，未免令人愁悵。身為一個負責特殊清掃的人，至少要盡一點心。

三人聚在一起開始討論，然後表示想暫時將葡萄酒交給五百旗頭保管。五百旗頭沒有理由拒絕，便答應了。

三人禮數周到地道了謝，離開了。五百旗頭在門口目送她們，確定她們真的走了，才朝屋內喊道：

「可以出來了。」

從餐廳隔壁更衣室現身的是飯窪麻理子。

「不好意思，讓妳在旁邊聽了這麼久。」

「哪裡，聽了五百旗頭先生的話，我好震驚。」

「妳是說伊根家庭不幸福，沒有親人緣這件事嗎？」

「我從來沒聽說過。」

「畢竟那不是會讓人想主動提起的內容啊。」

麻理子垂下頭，維持了片刻。

「方便的話，能不能告訴我伊根先生有什麼樣的童年？」

伊根的母親與同居男友讓孩子衰弱致死的事件報紙也曾大肆報導，現在提起應該不算侵犯隱私吧。何況麻理子的狀況又與「INE RISING」的員工有所不同。

聽五百旗頭說起過去的案子，麻理子的神色肉眼可見地嚴肅起來。

「好過分。」

「就是啊。父母親可以選擇生不生孩子，孩子卻不能選擇父母。或許也有經濟上的問題，但更悲慘的是被不適合當父母的人生下來。是啊，對孩子來說，這只能叫作悲劇。但要如何面對這齣悲劇、如何長大就是他的問題了。」

「您為什麼要讓我聽您和她們的談話呢？」

「因為我想讓妳知道分贈遺物的來龍去脈。如果沒有任何解釋，我想麻理子妹妹也無法接受吧。」

「其實，我也想要伊根先生的遺物留念。」

「麻理子妹妹不是已經有了嗎？伊根先生的手機。」

「咦？伊根先生的手機不是他們公司的矢野小姐拿去了嗎？」

「那是公司用的。伊根先生另外還有一支私人用的。所以那支手機裡也沒有他和麻理子妹妹的通訊紀錄。」

麻理子睜大了眼睛，但五百旗頭照樣說下去。

「我會知道有第二支手機，是因為我借看了伊根先生死後，信箱收到的手機帳單。帳單的明細裡，分別列出了每一支手機的通信費。但是現場找到的手機只有一支。那麼，另一支手機跑到哪裡去了？不，不見的不止手機，充電器也不見了。3C用品和充電器都是成雙成對的，就算只有一支手機，也一定會有充電器。卻到處都找不到，這是為什麼呢？」

五百旗頭在現場拚命到處找的，正是充電器。手機耗電快，他想不出有什麼理由讓很少進公司的伊根不在家裡擺充電器。

「現場的樣子也怪怪的。那個狀況，用我們公司的女同仁的話來說，就是『明明同時劈好幾個，但臨時來了一個他不願意曝露此事的人，所以在看得見的地方消除其他女人的行跡，但匆忙之下藏得不夠澈底』。本來扔在現場的手機就沒有設自動鎖定，是伊根先生自己鎖的。換句話說，這意味著他不想讓來到家裡的人看到公司用手機的內容。」

「您是說那個人就是我？」

「門是上了鎖的。只有擁有鑰匙的人能上鎖，但鑰匙和備份鑰匙都在伊根先生那裡。這麼一來，就是有人另外打了鑰匙。能這麼做的，只有擁有原本的鑰匙的屋主或其家人。」

麻理子一個字都不肯說了。

「私人用的手機到哪裡去了呢？浴室裡有防水插座。伊根先生會不會是用那個插座充電兼滑手機？然後陰錯陽差地將整條充電線掉進浴缸裡，於是伊根先生觸電了。人觸電後皮膚會留下灼傷，但一直泡在熱水裡會連組織一起溶解，不留痕跡。就算當場有人在，只要人走了上了鎖，怎麼看都像意外死亡。」

「您有證據嗎？」

「沒有。」

五百旗頭乾脆坦承。

「只不過，房間裡採集到了大量死者以外的不明毛髮和指紋。若從中找出了麻理子妹妹的，妳打算怎麼解釋？還有，日常使用的主鑰經年累月會產生變化。雖然會受到製作時期的影響，但與重打的鑰匙在形狀上會有些微不同。所以如果是以備份鑰匙上鎖，鑰匙孔會形成新的傷痕。只不過這傷痕細微得要用顯微鏡才看得到。只要警方有心調查，是一眨眼的事。」

沉默降臨在兩人之間。先打破沉默的是麻理子。

「您要把我交給警方嗎？」

「那可不是我的工作。我只是個清潔打掃的大叔。只是啊，秘密這東西有一種奇妙的特性，就是會想主動曝光。埋在心裡，內部壓力會越來越大，心裡會越來越痛苦。趁沒那麼嚴重之前全部吐出來，應該會輕鬆得多。」

「我完全不知道他跟他公司的人在一起。」

麻理子頭也不抬地開始述說。

「從他像家教老師那樣幫我看功課的時候，我就和伊根先生在一起了。那天我想給他一個驚喜，沒有事先說就跑來了。」

「鑰匙是什麼時候打的？」

「在伊根先生租房子之前，主鑰都是放在家裡的。我偷偷打了，這樣我和媽媽吵架的時候才有地方去。」

「突然有人開鎖進來，不管哪個男人都會嚇得魂飛天外吧。」

「因為我們的關係是什麼時候都可以臨時來找他。可是一看到屋裡的樣子，我就感覺到有其他女性在這裡過夜。我質問伊根先生，他很乾脆地坦白他同時劈腿另外三個人。我一生氣，他就不耐煩地拿著手機逃進浴室。一定是以為我不會追進去吧。」

或許是想起當時，麻理子抱住自己的肩開始顫抖。

「我硬闖進浴室，這下伊根先生也生氣了。我們吵起來……我太生氣了，一手把手機連著充電線拍掉。結果就掉進浴缸裡……事情發生在一瞬間。」

其餘的不需要再說也猜想得到。眼睜睜看到伊根斷氣，麻理子突然害怕起來就走了。於是伊根的屍體便被循環加熱功能繼續燉煮，最後分解得只剩一把骨頭。

「我該怎麼辦才好？」

「這就要妳自己決定了。不過，如果妳想去自首，我陪妳去。」

麻理子雙手環著自己的雙臂走出去。

望著她的背影，五百旗頭思考著最後一個疑問。

伊根為什麼只對麻理子隱瞞他和其他女人交往？是擔心屋主照子發現，被趕出公寓嗎？

不。有伊根那樣的收入，只要找別的公寓即可。

他想到一個解答。

也許讓麻理子懷有夢想，是伊根的溫柔。一個一直不相信家庭、排斥家庭的男人，他的心態雖然扭曲，但沒有將現實告訴還是高中生的麻理子，也許是伊根表現出來的潔癖。

望著酒櫃，五百旗頭問道：

是不是呢，伊根先生。

這樣你可滿意？

絶望と希望

1

放下裝有腐敗液體與清掃中使用過的捕蟲網和毛巾類的專用容器，發現站在附近的垃圾處理場職員以冷漠的視線看著那些東西。

明知那冷漠的視線並沒有惡意，白井還是忍不住緊張。沾了屍水的廢棄物一律視為感染性廢棄物，不得與其他垃圾混雜。一律放入專用容器，搬至指定地點，焚化處理。徹底的處理是為了預防二度、三度感染，法令也明文規定。

「那就麻煩了。」

白井低頭行禮，職員卻只是默默將容器往焚化爐搬。在疲勞的作業之下，白井連生氣的氣力都沒有，走回廂型車。一脫掉身上的防護衣，全身上下的汗水便像瀑布般流出來。一口氣灌完保冷箱裡的冰運動飲料，才總算覺得自己像個人。

短短休息了五分鐘左右發車。天已經擦黑了。說實話，真想直接回家，但今天還有一件特殊清掃，還不能回去。

他努力鼓舞自己再撐一下，但累積下來的精神疲勞比肉體的疲勞更令人提不起勁。

從意識到要找工作時起，白井寬便堅持絕對不做有3K之稱的工作。然而，頭一家上班的公關公司因新冠疫情說倒就倒，匆匆再找下一個工作，無論哪一行都一樣蕭條，少有工作機會。

後來連房租都開始遲繳，白井專找底薪高的工作，於是找到了「終點清潔隊」。以為特殊清掃就是打掃垃圾屋和骯髒房間的白井帶著履歷表去面試，順利被錄取。

然而，後來他漸漸明白特殊清掃之所以「特殊」，其實指的是質而非量。早知道要打掃的是擱置腐爛屍體的房間，血液等體液浸透了整片地板，房間裡爬滿了蒼蠅和蛆，他一定不會那麼乾脆地入行。

實際工作之後，他甚至懷疑所謂的累、髒、險。3K這個詞就是為了特殊清掃而生的。穿戴著防護衣和防毒面具作業消耗體力，工作地點充斥著屍水與排泄物，清掃又伴隨著罹患傳染病的危險。

上工頭一天他一直想吐，吃不下晚飯。

第二天一個不小心肌膚接觸到屍水，一直清洗消毒到差點被扒下一層皮。

第三天他就已經考慮換工作，但瀏覽過求職網站就死心了。

連續工作整整一週，身體就漸漸習慣了。雖然還習慣不了屍水和異臭，但也懂得了底薪高的工作就是這樣，也算是一種了悟。就算累就算危險，每天重複同樣的作業感覺就會麻痺。其實是每天實在太忙，忙得連思考的時間都沒有。發薪日被高於預期的薪水嚇了一跳，更別說發獎金的時候，讓人連平日的3K都拋諸腦後。

擔任公司代表的五百旗頭人也不錯。當時是一個代表一個員工，所以幾乎都是兩人一同上工。五百旗頭有時候講話語氣很凶，卻意外地觀察入微又很會帶人，對特殊清掃的想法堅定不移，讓白井對工作有了動機。

『所謂的特殊清掃，是連住宅沾染到的怨念都要清乾淨。雖然不可能像和尚那樣幫人超渡，至少能給房子去邪不是嗎？』

給房子去邪的想法，讓白井耳目一新。換句話說，高薪與值得尊敬的上司，大過3K的惡劣條件。

然而到了最近，對這些惡劣條件的不滿又開始抬頭了。他開始想，是不是應該去找輕鬆一點的工作，收入比現在少一點也無妨。

原因之一，幾乎可以確定就是秋廣香澄來了。很會帶人的五百旗頭拿出本事，手把手教她，所以套房程度的物件都扔給白井一個人。

『我想白井應該可以勝任。你本來就領悟力高又懂得應變，現場處理能力也很好。』

獲得上司好評沒有人會不高興。受到五百旗頭的鼓勵，單獨展開清掃作業之後，一個人勝任的確是可能的。這陣子白井一直是單獨作業，因此在現場的判斷力也更加敏銳，但肉體的疲勞也成比例地累積。人家都說身心身心，肉體的疲勞會讓精神的疲勞變本加厲。只休息週末兩天，實在無法消除疲勞。

也許該換工作了。心裡這麼想時，廂型車抵達了事務所。

「我回來了。」

「辛苦了。」

五百旗頭出聲招呼，香澄晚了一步也跟著說。只不過她忙著處理傳票，顧不得往這邊看上一眼。

「抱歉啊，突然一天兩場。」

「沒關係。接下來也是套房對吧？」

「是新小岩的中古公寓。大體放了兩週左右。」

「住在那裡的，是個什麼樣的人？」

他對已經成為遺體被搬走的住戶是什麼個性並不關心。重要的是性別和年齡。在屍臭上，男性甚於女性，年輕人甚於老人。

「二十九歲的單身男性。聽說死因是熱中暑。年紀跟白井差不多啊。」

白井覺得真是觸霉頭，但這年頭青壯年的孤獨死越來越多。單身的白井也不能無動於衷。

「說是附廚房的套房，沒有積多少垃圾。」

「那麼今天之內就能完成了。」

「我跟對方說至少也要估兩天，所以不用那麼急。已經五點多了，今天先估價就好。」

明天能做的工作不要今天做，是五百旗頭的信條，但看得出這次的指示是因為關心白井的身體狀況而發的。自己明明沒提過，應該是看出他很累吧。

白井覺得五百旗頭真是個狡猾的上司。對人心的觀察之細緻入微，簡直就像看準了他開始考慮換工作的時候，讓他找不到時機開口。

補上使用的容器，準備全新的防護衣。這就能隨時進入現場。

「我去跑第二趟。」

「喔，去吧。」

交到他手裡的那張單薄的紙上，除了物件的地址，還記載了委託人的聯絡方式與現況概要。白井再度坐進廂型車的駕駛座，然後為了確認住址又看了一遍。

『葛飾區新小岩四丁目○－○』。新小岩那一帶，只要不太挑，就能輕易找到房租五萬左右的低廉物件。新房子的氣密性都很好，方便進行特殊清掃。可惜對象物件不是。

委託內容很一般，「恢復原狀」。要是垃圾不多，只要清洗被屍水浸透的地方，或是更換建材就行了。

這個工作做了兩年，白井憑大致的資訊就能預見清掃的規模。屍體發現時的狀況和房間散亂的程度如果需要特別註記，會紀錄在注意事項裡。看來，的確是白井一個人就能處理的案子。

嗯，算是能輕鬆解決的吧。白井鬆了一口氣，往下看到最後一段的項目，視線停留在平常完全不會關心的地方。

『住戶姓名：川島瑠斗』

重要的是性別和年齡。沒有住戶的姓名也無所謂——應該是這樣才對。

然而，白井的視線卻死死盯在那個姓名上。

不會吧。

然而川島這個姓氏就算了，瑠斗這個名字並不常見。當然是有同名同姓的可能，但機率應該算低的吧。

本來有幾分輕鬆的白井頓時緊張起來。總之有必要先見委託人一面，確認事情的狀況。白井按下急躁的心情，發動廂型車。

學生時代是尚未定型的期間，在校園裡如同被保護在城牆內的治外法權的國度。待在裡面，就舒適得像泡在溫水裡，可以恣意作夢。

白井的夢是在學中便以音樂人的身份出道。學生樂團並不少見，從獨立音樂到主流出道的人才會備受矚目。

白井參加的是由三個校內和一個校外人士組成的四人樂團。由主唱、吉他手、貝斯手、鼓手組成，白井是鼓手。回想起來都會臉紅的團名叫「米卡龍&超激進樂團」，出沒於校慶和 LiveHouse 之間。主唱的聲音頗具魅力，或許因為如此，也博得不少人氣，白井暗自夢想著能主流出道。不必像其他大學生上了大三就天天往就職課窗口跑，只要想他們自己的音樂就好。出道即就職，拋開將青春消磨在朝九晚五的同學，他們自己要往製作音樂邁進——他做著這樣的夢。

而負責為他們樂團作詞作曲兼貝斯手的，就是川島瑠斗。

川島在音樂上頗有天份，樂團也由他擔任團長。他不是特別出色的那種人，但具有冷靜的判斷力與協調能力，是領導個性強烈的樂團團員的首選人才。

而那個川島竟然是特殊清掃對象物件的住戶。換句話說，他是在孤獨中死去，兩週後才被發現的。

怎麼可能。

川島瑠斗絕不可能發生這種事。一定是哪裡弄錯了。

白井壓下不安與恐懼，去拜訪委託人。

委託人石井真希子為「終點清潔隊」的到來非常高興。

「等你們好久了。所謂的一日三秋大概就是這樣吧。」

這是常見的模式，石井家也和公寓建在同一塊地上。一問之下，原來是父母親的遺產。

「我想儘快清理乾淨找新房客。管理公司很煩，一直說事故物件房租要比行情降一成，但反正我就是不想把房子空著。」

她說起話來活潑輕快，但臉上卻也有悲愴之色。

「真的兩天之內就能清理完吧？」

「不實際看過現場我們也不敢說，不過套房大概都可以清理完。」

「太好了——」

白井不經意地環視屋內。多少有點舊，但物品都不是便宜貨，沒有為生活所困的樣子。

或許是看出他的疑問，真希子語帶辯解地說：

「繼承遺產的時候啊，我還覺得很幸運，什麼事都不用做就有不動產收入，結果開始當房東以後，才發現每個月的管理費和修繕費很驚人吶！」

於是白井理解了真希子為何急著清理。那麼，就來問問他最想問的問題。

「之前住的川島瑠斗是男性吧？」

「對啊。以前每個月都會按時交房租，被開除以後就遲交了。川島先生會熱中暑，好像也是因為被斷了電，開不了冷氣的關係。」

她開朗的語氣刺痛了白井的心。若死的是自己認識的川島，那麼他不應該死得那麼慘、那麼令人惋惜。

「您可以看看這張照片嗎？」

白井遞出自己的手機。上面顯示的是唯一一張還留下來的、往日的「米卡龍&超激進樂團」的合照。

真希子的反應正是他最怕的。

「啊——對對對，邊邊那個抱著吉他的就是川島先生。不過，這是幾年前的照片呀？好年輕呢，是還在學的時候嗎？」

姓名、年齡和長相都一致。看來死去的是那個川島瑠斗沒錯。

「我想請教一下，這是特殊清掃的必須資料，遺體被發現的時候是什麼狀態？」

「那叫發現嗎……」

真希子頓時含糊起來。

「我想請他付他遲繳的房租，就去找他。按了門鈴也沒人應，想說會不會不在家，去看了電錶，結果一動也不動，所以我才覺得奇怪。」

「要是人不在，電錶不動不是應該的嗎？」

「才不是呢。現在不管哪種家電在待機狀態都會吃電，就算什麼都不做，電錶也會轉，只是很慢很慢。一動都不動，就證明被斷電了。」

「的確。」

「所以我就想從信箱的縫喊他。可是，我要喊的時候，就聞到一股好可怕的惡臭……不是普通的臭，我覺得那種臭不是人能聞的臭。所以我就報警了。」

不是人能聞的臭。這個形容白井覺得很貼切。人類的屍臭是一股無可比擬的臭，是同類從生物轉變為靜物時的氣味，是讓人在反胃想吐的同時想起絕望與無情的氣味。

「警察進去以後，發現川島先生已經死了。還說死了兩週，有一部分已經露出骨頭了。所以精確地說，我並沒有發現。是警察先生發現的。」

「後來呢？」

「葛飾署的人調查以後，判斷沒有他殺嫌疑。我之前有問他的緊急聯絡人，就聯絡了他老家的父母，他們領走了遺體和房間裡的手機和錢包。昨天才領走的。」

「手機和錢包以外的遺物呢？」

「大家只顧忙著把遺體火化，警方進去過以後就沒有人進去過了。是說，也沒人敢進去。所以我也想請『終點清潔隊』幫忙處理遺物。」

「了解。那麼，我想趕緊進去看看，要跟您借一下鑰匙。」

「咦！現在就進去嗎？」

「我想至少先估個價。」

來到屋外，天色已經完全暗下來了。對象物件的公寓有幾扇窗戶亮起了燈。

還好天黑了。若是大白天，一身防護衣就太顯眼了。而且至今疫情尚未平息，要是被誤以為是衛生所的人只怕會引起一陣騷動。

對象物件是一樓邊間，一〇五號。白井穿戴好防護衣和防毒面具，終於要進入目標所在的房間。

白井僅靠手電筒作為照明環顧整個房間。垃圾果真比預期的少。只有五袋東京都專用的四十五公升垃圾袋放在門口。家具看來也都是原封不動。

問題是床。褐色的污漬在正中央形成人形，一直滴到地板。液體在滴的地方匯集，以放射狀散開。

屍水形成的水灘上有無數的蛆蠕動著，蒼蠅亂飛，多得令人以為是半空中的烟霧。要是讓真希子親眼看見這個情況，肯定還來不及呼氣就會立刻把門關上。

不是只有蛆和蒼蠅。尚未清掃的房間裡潛藏著肉眼看不見的病菌和害蟲。若不是像白井這樣一身重裝備，連十秒都待不住。

環顧房間時看到了書架。走近一看，一個相框豎立在書籍與CD之間。視線一移到照片上，白井就覺得心要碎了。

就是自己也留下來的、唯一一張「米卡龍&超激進樂團」的照片。

這世上擁有這張照片的，就只有樂團的四名團員。

你真的死了嗎？

忽然間面具外的視線模糊了。不能伸手去擦令人好生焦躁。

繞到床邊，又找到另一項遺物。

一把貝斯。

用不著仔細查看，肯定就是川島和他們組樂團那時用的那一把。琴身雖然有幾個地方髒了，但弦和琴桁都保養得很好。

光是看到照片和貝斯，白井心頭便百感交集。他沒有把握能夠做出冷靜的判斷，決定早早撤退。

在這種精神狀態下，一定會出錯。

『特殊清掃不是一般的打掃。我們的工作隨時與感染病為伍。需要的專心和注意力與核電廠作業員不相上下。』

白井想起五百旗頭一天到晚掛在嘴上的話。做好萬全裝備之後感覺容易麻痺，但自己無疑是涉足危險的場所。千萬不能忘記這一點。

開了門便迅速出來。這是為了避免讓異味和蒼蠅等擴散影響左鄰右舍，但此刻也是為了斬斷自己的遲疑。

回到廂型車，白井將防護衣丟進專用容器。在房間裡待了五分鐘還是十分鐘？無論是五分鐘還是十分鐘，身心都一下子就累了。拿冰毛巾擦了汗濕的臉，還是擦不掉纏繞在心頭的疑惑。

冷靜。

你在開車。

喝斥自己後，白井將注意力放在前方。現在要做的是安全駕駛，把公司車開回公司。

白井小心翼翼地握穩方向盤，總算回到事務所。交還車鑰匙時，五百旗頭仔細看了他的臉色。

「怎麼了嗎？白井。對象物件有什麼問題嗎？」

「沒有。我只估了價，所以沒有什麼問題。」

「一個人行嗎？」

五百旗頭的直覺還是驚人的敏銳。但儘管這樣的關心令人高興，這畢竟是白井個人的問題。

「沒問題。」

「是嗎。那就拜託你了。」

沒有追根究柢的體貼也令人感激。

白井回自己住的公寓的交通方式是電車和徒步。也因此他可以放任自己好好思考。擠滿乘客的車廂反而能讓人沉浸在孤獨之中。

進大學那時候，正值GReeeN、flumpool，還有SEKAI NO OWARI（出道時的團名是「世界的終點」）等樂團主流出道，引起了一陣樂團旋風。白井高中就開始打鼓，所以川島一邀，他便二話不說加入了樂團。比白井更早的是主唱「米卡龍」山口美香，最後吉他手松崎優加入，樂團正式成軍。

最初「米卡龍與&超激進樂團」也是走常見的路線，從翻唱開始。但隨著越來越多人認識他們，川島作詞作曲的原創歌曲就變多了。樂團的人氣很大一部分是來自米卡龍的歌聲，但其實真正的吸引力來自川島的原創歌曲。說起來，川島和米卡龍才是樂團的兩大台柱，白井和松崎只不過是隨時都能替換的團員。

白井本人雖然裝作沒發現這個事實，但隨著樂團的人氣上升，自卑也成比例地抬頭。

腦海中浮現樂團練習的那些日子。為了預演到處找便宜的音樂工作室，為了買樂器兼好幾份打工，結果找不到時間練習，弄得本末倒置。為了唯一一朵紅花美香，川島和白井還一度搞壞交情。至今回想起來，這種種都是青春時代的插曲。

樂團的成立不出奇，解散的經過也很常見。主唱米卡龍被大唱片公司「KITOO RECORDS」招攬，她以個人歌手出道，失去了主唱的樂團在大學畢業的同時面臨半路解體的命運。

身為樂團中心的川島沒有放下音樂的夢想。『總有一天，我會組成另一個樂團，闖進主流』。他這樣宣稱，然後從白井和松崎面前消失。松崎本來就是從校外來參加的，自然而然就與白井疏遠了。

白井對音樂界也是留戀的，只是他已經明白自己沒有音樂上的才能，所以才想從活動企劃的立場來參與。

後來，以個人歌手出道的美香最初雖然備受矚目，人氣卻不持久，不到三年就銷聲匿跡了。但白井自己就職的活動企劃公司倒閉，也沒有立場說什麼，只是證實了夢想只是夢想。

然而白井一直以為川島是不一樣的。和只有聲音被看好的美香與本就是路人的白井和松崎不同，川島確實是有才能的。雖然自卑和尷尬讓他沒有和川島聯絡，但他心底一直模模糊糊地認為川島遲早會在音樂領域上闖出名號。萬萬沒有想到他竟然會以那種方式離開。

下了電車走向公寓。一開始工作，他就被迫明白學生時代的夢想就是睜眼做的白日夢。只不過是在一個小世界裡和人比較，讓自己的可能性看起來比較大而已。實際的自己只不過是微塵般的存在。在學校裡被視為歌姬的美香，在演藝圈裡不過也是芸芸眾生裡的一人。

在反芻自己的渺小的自我厭惡中，白井想像川島度過的這十二年。他得到了什麼、失去了什麼，他相信了解這些可以為自己的自卑做個了結。

『房間會呈現住戶的個性和愛好。從整理的程度可以看出精神狀態，從垃圾可以看出生活水準。』

這是五百旗頭的話，但白井是在歷經十起左右的特殊清掃後，才有點明白話中的意義。川島住的房間也不例外。主人不在了，房間裡還殘留著他走過的足跡。

白井無論如何都想知道他走過了什麼樣的路。

2

翌日，白井再度隻身前往川島住過的公寓。昨晚五百旗頭問過今天早上要不要香澄同行，他婉拒了。

這是我的工作。

上午九點抵達公寓。這個時間的日照就已經很強了。為了避免惡臭擴散而緊閉的室內，溫度不知已上升到哪裡去了，白井一點也不願意去想像。

換上防護衣，在進去的前一刻，朝自己上身噴灑消毒液。

門打開那一瞬間，一如預期地迎來一陣濕熱的風，護目鏡起了霧。儘管熱風讓人很想別過頭去，但惡臭絕對比熱風更令人難以忍受。

首先要斷絕惡臭的來源。一靠近床，就覺得惡臭簡直有顏色。以人形留下來的黑色污漬，以指尖輕戳，觸感像煤焦油。變色的屍水從床墊一直浸透到床板，當然不能再用了。

白井拿電鋸鋸掉被屍水浸染的部分，裁成碎片裝進垃圾袋。光是床墊和床板碎片就用掉一個又一個七十公升的垃圾袋。

川島就是躺在這張床上死於熱中暑。在他腐敗、流出屍水之前，應該流過大量的汗。

熱中暑一旦演變為重度，人便會虛脫無力，最終失去意識。即使手邊有手機也無法呼救。臨死之際，川島到底想過什麼、後悔過什麼？後悔一個人住？還是後悔付不起電費？

耗費將近一小時，有污漬附著的部分是去除了，但床頭板、床腳、護欄也都沾滿病菌，也要裁成小塊。

總算將床解體完畢，屍水卻滴到了床下，呈放射狀散開。

那灘體液裡同樣爬滿了無數的蛆。從正上方噴了殺蟲劑，等牠們不動之後再以刮刀連同地板上的屍水一併刮除。看來地板的木材並沒有做什麼表面處理，屍水透到木板之下。很遺憾，但看來除了將整個木板換掉別無他法。

雖然努力叫自己冷靜，但一想到這是曾經的朋友的一部分，作業的手就好像會停下來。他作夢也沒想到自己竟然會為川島的死收拾善後。

拔下地板板材，替換為事先準備好的新品。一再重複這樣的作業，會讓人陷入自己從事的是建設業而非清掃業的錯覺。五百旗頭還真的對他說過『幹一年特殊清掃，簡單的居家修繕不成問題』，一開始他還以為是玩笑話，現在則是認為理所當然。

所幸，屍水並沒有滲透到地板之下。白井鬆了一口氣，放心下來。地板之下的修繕，就超出自己的能力範圍了。

將床鋪這個惡臭的來源支解裝袋搬出去後，便是驅蟲。要一口氣驅除蒼蠅、蛆以及其他看不見的害蟲。灑了好幾種殺蟲劑之後，以刮刀壓扁規規矩矩等距排在木質地板縫隙裡的蟲蛹之後刮除。牆壁也一樣，只要稍有縫隙，害蟲就會在上面產卵，絕不能掉以輕心。

大致除完蟲，噴灑消毒水之後便稍事休息，最後再噴除臭劑。市售的除臭劑只怕不夠力，「終點清潔隊」用的是特製的除臭劑。那是五百旗頭混合了數種除臭劑調製的所謂「五百旗頭特調」，除臭效果和持久期間非一般市售除臭劑可比。

噴完除臭劑之後，要開窗讓空氣流通。等悶在室內的空氣消散了，才總算會有清掃完畢的感覺。

白井先回到廂型車，脫掉防護衣。頭、胸就不說了，全身每一個地方都汗水都如瀑布般狂流。拿出冰在保冷箱裡的兩公升裝運動飲料，一口氣乾掉。在從事這份工作前，白井從沒想過自己竟然能一口氣喝完兩公升的飲料。

將寶特瓶裡的液體一飲而盡，才總算覺得自己活過來了。白井全身虛脫地看著對象物件。本來特殊清掃應該就此結束。向委託人真希子報告清掃內容，歸還鑰匙之後，只要回事務所就好。但這次，白井的工作卻是現在才要開始。

為了確認房間徹底通風，白井再度走進房間。雖然沒有穿防護衣，還是戴了兩層口罩和護目鏡保護臉部。味道的來源和害蟲雖然都清除了，還是要以防萬一。

白井走近書架。第一次來時曾匆匆掃過一眼，但他想知道川島收藏的雜誌和CD是什麼內容。

雜誌都是十年以前的舊刊。《音樂與人》、《MUSIC MAGAZINE》、《MUSICA》、《ROCKIN' ON JAPAN》、《Rolling Stone Japan》。都是白井自己曾經求知若渴地看過的那些令人懷念的雜誌。CD也一樣，十年前曾風靡一時的樂團的出道專輯排了一整排。白井抽出一張，感慨萬千地看著封面。

他忽然注意到一件事。

書籍和CD最新的都停留在二〇一五年。之後連一本、一張都沒有。

再度環顧室內。廉價的桌椅。沒有像樣的家用品。怎麼看都是工作累了、回來只是睡覺的地方。放在桌上的筆電也很舊了。

他心頭一驚。

川島用過的電腦。裡面保存了他瀏覽過的一切。

白井心知這是最大量的個資，卻無論如何都按捺不住他的好奇心。明知不該卻將筆電輕輕放入尼龍包。

「掃完啦，太好了！」

去報告清掃完畢，真希子高興極了。以估價的預算完成想必也是她高興的原因之一。

「清掃是完成了，但遺物整理還沒有。」

白井提了提尼龍包裡的筆電。

「室內我看過了，能留作紀念的東西就是貝斯、雜誌、ＣＤ，還有就是這台筆電。」

「活得很簡樸啊。」

「筆電可以由我暫時保管嗎？存在裡面的資料可能可以找到其他遺物。」

「哦，你是說私藏存款和虛擬貨幣吧。唔，我倒是覺得一般人要是有那些財產應該會多買一些東西放在家裡，也不會一直住在房租這麼便宜的公寓了。」

「也是為了萬全起見。」

「那，你就查吧。那些我也不太會。」

「還有一件事。您知道那個房間的房客在哪裡工作嗎？」

「這和整理遺物有關係嗎？」

「父母拒收的東西，可能同事會想要。」

「不好意思，我沒有問店名。畢竟是跟我無緣的店。」

「是賣什麼的店啊？」

「男公關俱樂部。」

白井差點嗆到。

「男公關俱樂部，您是指，男人接待女客的那個？」

「除了那個還有哪個？搬進來的時候，川島先生就是男公關。他自己這樣自我介紹的，我就算不想記住也忘不掉。」

白井的腦袋一時跟不上。

川島的長相，說得再好聽也不算眉清目秀，應該說就是路人甲。也不是男性時裝雜誌那種模特兒體型。他給人一種土氣的印象，白井實在想像不出他穿著一身黑接待女性的樣子。

「那家男公關俱樂部也因為緊急事態宣言做不下去，接下來又去餐飲店工作，那邊的店又收了。」

「您知道的好詳細啊。」

「因為每次房租遲交就要聽他解釋啊。可是男公關俱樂部和餐廳我都沒有問名字。問那麼多也沒有意義啊。」

白井還是先拿了電腦離開了。經過特殊清掃，川島死去的行跡已經清理乾淨了。接下來便是發掘生前的紀錄。他回到廂型車，讓電腦接上車充打開電源。長久處於休眠狀態的筆電微微睜眼。桌布是演奏中的艾瑞克・克萊普頓的英姿。畫面是鎖住的，要用指紋辨識或輸入四位數的密碼才能解鎖。這白井當然料到了，但內心還是嘖了一聲。

回到事務所，向五百旗頭報告清掃完畢。

「喔，辛苦了。今天沒事了，趕快下工吧。」

「不，還有遺物整理這部分要做。」

白井邊出示尼龍袋裡的筆電邊解釋。五百旗頭聽到一半便偏頭問：

「確認保存在電腦裡的數位遺物喔。這個著眼點不錯，也是為家人考慮，但可能性不會趨近於零嗎？」

「虛擬貨幣和存款不同，不容易出現在明面上。」

「不，不管是虛擬貨幣還是現金，要是有點存款就不可能會被斷電啊。」

五百旗頭像是要問出真意般細看白井的神色。

「到底是怎麼回事？」

看來要瞞過這個人果然是不可能的。白井一咬牙：

「死在裡面的川島，以前是和我一起玩樂團的。」

「哦，這樣啊。世界真小。」

五百旗頭閒閒地說得一派心平氣和。彷彿是要緩和他的困惑和憤慨。

「以前的朋友留下了什麼、想說什麼，的確令人在意。」

「他是在被斷了電、熱中暑無法聯絡任何人的狀況下死的。我想他一定有話想說。」

「找出來之後你想怎麼做？」

白井略加思索之後才說：

「盡可能尊重死者的意思……」

「用你自己的話來說。」

「我想聽他最後的遺言。」

「我知道了。」

五百旗頭簡短回答，然後無聲一笑。

「順便還有事要拜託我吧。說說看？」

「五百旗頭先生以前當過警察對不對？這台電腦，被密碼鎖住了。」

「哈哈。你是想走我的門路，叫科搜研或鑑識幫忙破解這個密碼？」

「可以嗎？」

「如果和他們扯扯家常還好說，要破解電腦就難了。他們好歹也是政府機構啊。」

說著，五百旗頭翻了翻辦公桌的抽屜，從裡面取出一張名片。

「你跟這裡聯絡看看。」

遞過來的名片上印著「『氏家鑑定中心』所長 氏家京太郎」。

「前陣子因為委託的對象物件碰巧認識的。後來才聽人說，這裡有很多在科搜研待不住出來的，搞不好比本家還優秀。既然要委託當然要找民間了。」

「民間的話當然會收費。」

「把費用加在遺物整理的費用上就好。這是正當的費用。」

「謝謝。」

「尋常的業務溝通罷了。有空道謝，不如趕快去。」

白井行了一禮，出了事務所。

不知是不是因為東京醫科齒科大學醫院、川天堂大學醫學部附屬順天堂醫院、東京大學醫學部附屬醫院都在文京區湯島一丁目一帶，醫療器材相關的企業也集中於此。想一想，果真是設置民間鑑定中心的絕佳地點。

到了「氏家鑑定中心」，報上五百旗頭的名字，所長氏家就馬上出來了。

「『終點清潔隊』的委託嗎？啊，上次多虧五百旗頭先生的照顧。」

初次見面的氏家給白井一種極擅長社交的印象。如果這份親近是因為五百旗頭，那麼他不得不承認那位上司的人品果真不能小覷。

聽了委託內容，氏家輕輕點了好幾次頭。

「只要找出密碼就好是嗎。您知道那位川島瑠斗的出生年月日，或是帳號名稱嗎？」

「不知道。」

「有川島先生的身分證嗎？」

「記載了出生年月日的駕照也被他父母拿走了。」

「所以是沒有線索啊。」

「這樣的話，需要幾天呢？」

「有三十分鐘就行了。」

一時之間，白井以為他聽錯了。

「要復原被刪除的電子郵件或網頁瀏覽紀錄要一個工作天，如果只是破解密碼，三十分鐘就行了。您要等嗎？」

這對白井來說是求之不得，便請他們讓他在鑑識中心的一角等。

氏家這個人看來是個對時間很精準的人，三十分鐘後他便從研究室走出來。

「久等了。」

一看，氏家拿著已經解開密碼的筆電。

「密碼到底是什麼？」

「二〇一〇。」

白井一愣。根本不需要想，這不就是他們樂團成立的那一年嗎！

「您對這個數字有印象？」

「一定是對他本人很重要的數字。謝謝，您真是幫了大忙。」

「順便告訴您一聲，電腦的所有人完全沒有交易虛擬貨幣的行跡。」

白井早就料到川島沒有虛擬貨幣那類東西。他想知道的是，有沒有川島自己視為財產的東西。

「我可以打開嗎？」

「您不就是為此而來的嗎？」

從氏家手中接過筆電，打開信箱。最近寄出的郵件是大約兩週前，也就是川島失去意識或被斷電那時候寄出的。

看了一整排的收件人，白井知道那些都是同一業種的代表信箱。

UK PROJECT

TOY'S FACTORY

GROWING UP

THINK SYNC INTEGRAL

殘響唱片

BUDDY RECORDS

KOGA RECORDS

術之穴

MAGNIPH

DELICIOUS LABEL

「看樣子好像都是唱片公司啊。」

從白井身後探頭看的氏家喃喃地說。看來他作為鑑定人雖然優秀，對音樂方面卻了解不多。

「這些，全都是硬地的公司。」

「獨立唱片公司嗎？」

「除非是樂團狂粉或搞過樂團，一般人大概都不知道吧。」

白井在心酸中想起，對他們這些業餘樂團來說，主流出道是遙不可及的夢想，獲得獨立音樂公司的認可是第一道關卡，但以白井他們當時的程度，結果就是吃閉門羹。

仔細看郵件，川島信中都附了附件。用不著打開檔案他都知道是什麼。

「詳細內容等我回去以後再確認。」

「好啊。看硬碟的容量，裡面是保存了相當多的資料。」

那當然。若是存取了很多音樂和影片，一定會占用很多容量。

「謝謝您。請問什麼時候請款？」

「這點小事不好意思收錢……如果能這樣講一定很酷，但五百旗頭先生會發火吧。我會再寄帳單給『終點清潔隊』的。」

向氏家道謝後，白井離開了鑑定中心。

一回到自己的公寓便速速洗澡換好衣服，打開川島的電腦。

瀏覽檔案名稱，找到一個名為「Demo」的。多半就是這個了。

打開檔案夾一看，果然就是Demo音源的串流。而且還以PDF附上歌詞。

絕對錯不了。

大學畢業後，川島也沒有捨棄成為音樂人的夢想。不僅沒有，還在男公關俱樂部、餐廳工作的同時，一直不斷創作Demo帶。

川島至今仍繼續編織白井早就丟下的夢想。這個事實讓白井胸口發熱。

他打開其中一個音源來聽。曲名是〈change up!〉。從前奏就是快板的歌曲，聽得出川島演奏得十分開心。感覺遠遠比起學生時代作的曲子精練得多。想必是因為不必考慮自己這種業餘演奏者的程度，作曲的範圍更加寬廣了吧。一想到此，白井同時體會到安心與自卑。

第二首〈rain heart〉則樂風一轉，是慢板的抒情曲，這也是充滿濃厚川島風格的曲子。一般寄 Demo 帶給獨立音樂公司時，都會有一首代表性的主打單曲，加上色彩略微不同的中速，以及抒情歌，一份 Demo 帶裡齊集數種變化。看寄件備份，川島也是遵循這個原則來寄 Demo 帶的。

什麼虛擬貨幣，根本不能比。

這才是更有川島特色的寶貴遺產。檔案雖然被壓縮了，但確確實實充滿川島的精神和感情。

連續聽了好幾首，就陷入恍如回到學生時代的錯覺。川島每作一首曲子，其他三人便會這不對那不好地挑著毛病開始演奏。其中最毒辣的就屬主唱美香，當時川島作的詞完全不行，她滿口抱怨。

『歌詞跟曲子搭不起來。根本沒辦法 Shout 嘛。』

『想要讓歌詞寓意深遠，反而變得淺薄。還有，這個句子不必要。』

『我說美香啊，既然妳這麼說，那妳來寫寫看啊。』

『啊——，來這招。那我就不客氣地說了。要抱怨就自己做——一個創作人絕對不能說這句話。』

『美香妳自己也勉強算創作人吧！』

『我例外。』

同伴之間互相玩鬧，偶爾發生衝突也會立刻和好。每天是假日，都是好日子。儘管隱約有所不安，但氣氛總是能歡快地趕跑那些不安。

再也不會有那樣的日子了吧。聽著Demo帶，不知不覺白井眼睛濕了。

檔案夾裡約有四十首曲子，每一首都鮮明地反映了川島的個性，但還是以第一首聽到的〈change up!〉讓白井印象最深刻。從前奏到副歌的疾馳感無比暢快。這就是川島全新創作出來的旋律！只有這首沒有附歌詞，但憑著這旋律，只要有一、兩句令人印象深刻的歌詞，應該就能成為傑出的商品。

這麼好的曲子，一定會勾起哪家獨立音樂公司的興趣才對。白井搜尋了寄出

〈chnage up!〉的信。

只有一家。但沒有回信的樣子。

怎麼可能。這麼傑出的單曲 Demo，竟然沒有人理？

白井無法理解地關掉電腦。檔案裡的 Demo 帶可以燒成 CD。歌詞印出來也是很值得留念的遺物才對。這件遺物的好處就是可以複製。不僅可以留給川島的父母，也可以分給美香、松崎，還有白井自己。

就把遺作第一個送給實現夢想成為音樂人的美香吧，他想。

但白井不知道美香的電子信箱。組團那時候的信箱，在她單獨出道的時候換過了。

既然無法直接聯絡本人，那就透過事務所吧。

白井搜尋了她所屬的「KITOO RECORDS」的官網。只要查出總公司的住址就行了，但橫幅上的字引起他的注意。

『米卡龍睽違五年的新作　暢銷金曲　賀！下載數突破三十萬』

白井這才知道美香時隔許久推出了新曲。也是因為最近特殊清掃的工作太忙，他與音樂疏遠了。但三十萬次下載可是很不得了的。難怪她所屬的唱片公司會高喊暢銷金曲。

新歌歌名是〈深夜吶喊〉。白井立刻在 iTunes Store 的網站上搜尋並試聽。

一聽大驚失色。

從前奏到 A 段雖然多少做了些修飾，但與〈change up!〉也太像了。

不會吧。

在不安的驅使下，白井買了曲子從前奏重聽。

越是不好的預感越準。B 段到副歌、C 段到大副歌旋律線幾乎都一樣。不是很像或觸發靈感那種程度。

根本是抄襲！

他趕緊查了〈深夜吶喊〉的詳細內容，結果無言了。

「作詞／作曲 米卡龍」

白井差點就跳起來。〈chnage up!〉本身沒有歌詞，美香填詞，那可以理解。但作曲者是川島才對。如果不註明是川島瑠斗，那這就是活生生的抄襲。

但是，美香是透過什麼途徑得到〈change up!〉的Demo的？其中一個可能性，是川島寄的Demo被獨立音樂公司流出去給「KITOO RECORDS」。

到底發生了什麼？

美香本人知道〈深夜吶喊〉的原曲是川島的作品嗎？

知道的會不會只有自己？如果是的話，這個發現不僅會令美香大吃一驚，還會成為轟動音樂界的大事。

白井雖然躺上床了，卻睜著眼無法成眠。

3

目不交睫地過了一夜，但總不能因此就缺勤。白井揉著睏倦的眼睛去了「終點清潔隊」。

「白井，你好歹努力做出『我昨晚有好好睡覺』的表情啊。」

看到來上班的白井，五百旗頭一臉受不了地說教。香澄背對著他們，但不可能沒聽見。

「我有啊。」

「你應該知道自己演技很差吧。既然知道，就要抱著必死的決心。這份工作，危險如影隨形。邊打瞌睡邊做，是沒辦法勝任的。來，說說熬夜的理由。」

「……整理遺物。」

白井說了川島留下的是 Demo 帶。但對於抄襲疑慮絕口不提。

「哦，壓縮的音樂檔啊。作為故人的留念的確再適合不過了。不能換成現金，也不會演變成搶錢大戰，能夠平平順順地分完遺產。」

自己邊說邊嗯嗯點頭的五百旗頭忽然想到什麼般說：

「慢著。著作權的問題呢？我記得就算作曲的人不出名也會發生不是嗎？」

組團那時候，基於必要，白井曾對著作權法有所涉獵。

「對，即使是無名的作曲者，作品公開發七十年內仍受到著作權法的保護。但如果目的是在個人或是家庭內的範圍內使用，不需要得到著作權人的同意便可拷貝。」

「所以就是不有名，而且作曲人已死且從未發表過的作品，親人朋友拷貝沒關係是吧。」

「是的。」

但是，假冒作曲者，將作品當作自己的著作物來發表，便觸犯著作權法。美香和「KITOO RECORDS」不可能不知道。

「那，你繼續整理遺物。雖然有人預約，不過是十點。在那之前，你不如稍微去補個眠吧。」

「那我就不客氣了。」

白井領受五百旗頭的好意，走到後面的休息室。一坪半左右的空間裡只放了一張行軍床，但有空調，用來補眠再好不過。

白井躺在床上。儘管睡意依舊來襲，他卻想起一件必須緊急聯絡的事。用手機滑出他的電話號碼。上次交談已經是十幾年前的事了。

鈴響了第四聲時，對方接了。

『白井啊。好久好久不見了。』

松崎的聲音和以前一模一樣，一點都沒變。

「你好嗎？」

『還過得去。什麼事啊？隔了十年打電話來，要是跟我傳教我馬上掛電話。』

「你有川島的消息嗎？」

『沒。跟你一樣，至少十年都沒消沒息了。他好不好？」

『大概兩週前死了。』

電話那一頭傳來倒吸一口氣的聲音。

『怎麼死的？』

「被斷電，在房間裡熱中暑。」

『……是嗎。』

簡單的一句說明松崎似乎就接受了。白井也不打算細談發現時的樣子和屋裡的情況。這只會讓說話的和聽話的都難過。

「你現在怎麼樣？」

『普普通通。大學畢業以後找到工作就一直做到現在。不是那邊的人，不像美香。』

「能普普通通當一個上班族就很了不起了。正好你提到美香，你有沒有她的電子信箱？」

『你要告訴她川島的死訊？』

「要告訴她，也得說說分遺物的事。」

『分遺物不是只有親人才可以嗎？』

「那是川島一直在弄的Demo帶。燒成CD以後，當然會給他父母。只不過考慮到他的個性，我覺得給以前樂團團員才是最好的作法。」

『我也是其中之一嗎？』

「當然。」

『那我再給你住址，麻煩你了。美香的信箱，很可惜我也沒有。她主流出道的時候換了信箱，我就不知道了。』

原來松崎也一樣啊。本來還抱著一絲希望，但也沒辦法。

『你剛說，分給樂團團員是最好的作法對吧？』

「對啊。」

『那，是不是也要找他在「超激進樂團」解散以後組團的樂團團員？不然會不會不公平？』

白井完全忽略了這一點。

川島後來另組了樂團。

寄給獨立音樂公司的信都是以川島個人名義寄出的，沒有出現樂團名稱，白井就一心以為川島一直從事個人活動。但他也極有可能在「超激進樂團」後也從事樂團活動。

「你知道川島組了樂團？」

『沒有，我只是猜想而已。可是他又不擅長唱歌、作詞，你覺得他會一個人去闖嗎？』

「也對。」

『我是很想幫忙，但我什麼消息都沒有。這件事我就先不插手，好不好？需要幫忙的時候，隨時說一聲。』

「了解。」

『抱歉啊。』

電話就此結束。松崎以前就是這樣，不會傷春悲秋，除了必須說的不會多說一句。

與川島相關的工作增加了，結果要花更多時間心力。但不可思議的是，白井並不覺得厭煩。

既然都要麻煩到我，幹嘛不活著的時候來。

白井在心裡罵著死人，一邊落入短暫的睡眠。

所謂的年輕，就是恢復得快。才補個一小時的眠，氣力就都回來了。

「我們出去了。」

白井和香澄一起前往本日的現場。

「我有點意外。原來白井以前玩過樂團啊。」

香澄從副駕上對他說。

「看起來不像嗎？」

「看不出你玩過音樂。你負責什麼樂器？」

「鼓。」

「以專業音樂人為目標？」
「大學的時候是啊。稍微會一點樂器就會作夢。覺得也許我有才能，搞不好可以當音樂人。那就像麻疹，玩音樂的人沒有一個沒做這種白日夢。然後，看到別的樂手無窮無盡的才能，才總算明白。自己雖然能撥個弦，卻撥動不了聽眾的心弦。會敲鑼打鼓，卻打不動聽的人的心。」
「嗚哇，出口成章。」
「這種程度的感性連暖場都不夠格。業餘和職業的差距比大家想像的大多了。」
說著說著，已經結好的痂好像會被剝開。那時候，討厭平凡，討厭理所當然，想要成為不同於現在的人。說穿了其實只是畏懼現實，想忘掉對將來的不安而逃避自己真實的樣貌罷了。
忽然間他想起，知道談好主流出道的美香換電子信箱的時候，在失望的同時也感到羨慕。對雀屏中選被召喚到對面的美香嫉妒得不得了。
得天獨厚的人一開始就受到神明的祝福。其他人再努力、流再多淚，也不可能得償所願。只會被平凡的日常生活湮沒，成為普羅大眾中的一人。

「業餘不行嗎？就算不是職業的，能享受音樂不就好了？」

「如果是將棋或運動可能還好，但音樂畢竟是用來自我表現的。只是自己人玩玩會覺得不過癮。想要表演給別人聽，就會跑去街頭演出。聽眾越多越好。然後表演給路過的人聽又覺得不過癮，就會去租小型 Live House。這樣還是不滿足，就會出 CD，然後開始打歌。最終目標是武道館。業餘的沒辦法吸引別人買票去武道館啊。」

「可是，」

香澄抵抗般應道，

「我還是很羨慕會演奏樂器的人。」

「謝謝。」

雖然口頭道了謝，但白井本身卻不認為會演奏樂器是優點。甚至因為暴露出自己在音樂方面才能淺薄而自卑深種，有些懷恨在心。

「在我心裡，會演奏樂器就已經是不同的層次了。因為，要是朋友裡有會演奏的人，不就能夠當場來一段即興合奏嗎？」

白井苦笑，說得像他鄉遇故知似的。也許，不會演奏樂器的人都有這種不切實際的想像。

「要是在職場上一開始就遇到這樣的同好，一定會覺得很愉快吧。」

白井一凜。

川島若是要找新的樂團團員，那就要從生活中的區域來找了。換句話說就是工作地點。看來有必要走訪一次他工作過的男公關俱樂部和餐廳。

和香澄兩人完成一件特殊清掃後，白井與真希子聯絡。

『你想要聯絡川島先生的父母？』

「是的。為了確定分贈遺物的人，需製作一張與故人關係人的表。」

『可是我不覺得川島先生的父母了解他全部的交友情形。』

「與遺體一起領回的手機裡，應該會有走得近的人的資訊。」

『哦，原來如此。』

真希子沒有任何懷疑便認同了。

『那麼我先把「終點清潔隊」的意思轉達給對方，再問能不能將聯絡方式告訴你，怎麼樣？』

「沒問題。」

真希子立刻幫忙，幾個小時後，便來告知川島老家的聯絡方式。

『他們同意你跟他們聯絡。我跟他們解釋了手機的事，他們說如果是為了分贈遺物，隨時可以提供。』

「好大方的父母啊。明明分的人數多了，自己分到的份會變少。」

『我能理解他們的心情。』

真希子的聲音低沉了些。

「您能理解？」

『同樣是作母親的啊。你直接問他們吧。』

一結束與真希子的通話，白井立刻打了她告知的川島老家的電話。電話響第二聲之前，一名女子便接了起來。

『喂，川島家。』

「我是『終點清潔隊』的，敝姓白井。」

川島的母親名叫貴代，已經透過真希子得知特殊清掃與分賜遺物的事。直接以特殊清掃的立場來談，貴代也會協助幫忙收集資料。

但白井對於隱瞞不說越來越感到痛苦。

「其實，我和瑠斗大學就認識了。我們一起組過樂團。」

『哦！』

白井完全可以想像貴代在電話那頭吃驚的樣子。

『竟然是瑠斗大學時代的朋友幫忙收拾打掃房間，世界真小呀。』

「可以借用瑠斗的手機嗎？」

『我明天就寄去「終點清潔隊」。』

「伯母，想請教您一件事。分贈遺物的對象變多了，您和伯父不會不開心嗎？」

『那孩子，沒有留下任何能夠稱為財產的東西。分贈的人再怎麼多，也不會造成爭執的。』

「不是這個，而是留在您們手邊的遺物就會變少。」

『那我反而更高興。』

貴代好像真的很開心，

『因為那樣就有更多人擁有瑠斗的回憶。身為母親，沒有比這更開心的事了。』

原來如此——白井也理解了。正如真希子所說的，這大概是所有母親都會有的想法吧。

這樣的話，關於〈深夜吶喊〉應是川島所作的抄襲疑雲，還是先不要說比較妥當。滿載著川島的才能和情感的曲子，以別人的名義被下載了高達三十萬次。要是知道了這個事實，貴代會有多生氣，多痛恨美香和「KITOO RECORDS」呢？打電話向事務所抗議或一狀告進法院都是很有可能的事。

還不能說。

生氣和哀傷都是父母的權利，但在未能證實之前就把事情鬧出來，對貴代她們不利。更有甚者，還可能會被對方告妨害名譽。這一點必須避免。

「謝謝您。我們會誠心誠意，努力符合死者的心意。」

兩天後，貴代寄出來的東西送到事務所了。裡面有白井要的手機，還附了貴代的親筆信。那是一個母親才寫的出來的文字，寫滿了對死去的兒子的思念。

『前略。「終點清潔者」的各位：我是川島瑠斗的母親，這次給諸位添麻煩了。聽房東石井女士說，房間相當髒。明知這是小犬的責任，但還請看在小犬於酷暑之中，連空調都無法開，意識朦朧地離開人世的悲哀上，不要責怪他。據聞，現今孤獨死的例子只增不減。像小犬這樣的年輕人在孤獨中死去也不罕見。我們做父母的想著兒子過了二十歲已經是大人了，多少有些放任，實在很不應該，更是為此自責不已。此刻，我與外子日日都生活在悔恨與懺悔之中。隨信附上您所要的手機。我們也大致看過其中的內容，留下來的資料都是我們全然不識的名字和面孔。儘管知道他離家十多年，來往的人我們都不認識，但那一絲落寞仍揮之不去。最後，祝各位萬事如意。

草草』

讀信時，好幾次內心陣陣心酸，但白井硬是忍住，將信折好。

隨信寄來的手機擦得很乾淨，上面一個指紋都沒有。為慎重起見戴上了醫療用手套的白井覺得很過意不去。

手機沒有特別鎖上，輕易便打開了。裡面幾乎沒有存影片或照片，連一張在職場上拍的照片都沒有。

仔細想想，若不是發生什麼特別的事或有特別的活動，是沒有什麼機會和職場上的同事拍照的。眼前白井服務的「終點清潔隊」不就是這樣嗎？

接著查看手機裡登錄的號碼，出現了過去工作過的男公關俱樂部和餐廳的店名。白井心想等一下就來聯絡。

然而，前看後看還是都找不到那個名字。

他找不到米卡龍，也就是山口美香的聯絡方式。

男公關俱樂部「白影」設在東新宿車站附近。川島曾在這裡工作了兩年左右。白井事先聯絡約好，在開店前的下午四點見到了經理羽白百華。

「川島大概在我們這裡待到兩年前吧。因為本名很像，所以在店裡就叫作『小瑠』。」

百華一副連想都懶得想一般開口。有時語氣慵懶或許顯得別具魅力，但不巧從她身上只看得到疲憊之色。

「他是個認真的孩子，但沒有賣點。恩客很少，業績也是從下面數起來比較快。連一句『開一瓶酒吧』他都說不出來。」

想起學生時代的川島就不難理解。他是善於自省的個性，除了音樂跟不上別的話題，又很不會拜託別人。與男公關要求的資質完全背道而馳。

「有別的想做的事，可是還一點眉目都沒有，所以先到能賺錢的地方工作——他整個人都散發著這種氣息。」

「您好嚴厲啊。」

「因為是真的呀。他這麼沒幹勁，客人一定感覺得到。所以小瑠留不住客人，並不是他的外貌或接客態度的問題，是最基本的心態。」

「同事裡有沒有和他比較熟的人？」

「如果你是問想要他遺物的人，沒有。你打電話來之後我就問過當時所有的工作人員了，得到的回答是，只要值錢的東西，其他就不用了。」

好現實的反應，但說得這麼直接了當，反而乾淨俐落。

「對了，遺物是什麼？」

「他作的曲子的壓縮檔。」

「曲子。哦，原來他玩音樂啊。」

「他有沒有和同樣玩音樂的同事混在一起？」

「沒有。」

百華當即否定。

「雖然有個孩子說什麼NO MUSIC，NO LIFE，休息時間一直戴著耳機，但我從來沒聽說他實際演奏過。我其實是很注意手下人的人際關係的。我從來沒看過小瑠和其他人大談音樂。」

這裡落空了嗎。

「他辭職的原因是什麼？」

「沒有，純粹就是景氣變差了。你也知道，緊急事態宣言、縮短營業時間什麼的，讓我們的業績掉了九成。我們是看業績抽成的，底薪根本微不足道。所以業績差的人就先走了。小瑠是第二個。」

「要是沒有疫情就好了。」

「這就難說了。我倒是覺得不管有沒有發生疫情，小瑠都會走。我們這一行是做不久的。」

白井接下來去的是位於新宿二丁目的一棟六層複合式大樓。一樓貼著「黃金店面出租」。那個樓層，正是川島從「白影」辭職之後去的餐廳「加治木屋」的末路。

川島手機裡登錄的加治木，便是「加治木屋」前店長兼大樓所有人。白井與他聯絡說明了分贈遺物的事，他二話不說，爽快地答應見面。

白井搭電梯到六樓。出了電梯，眼前就是管理室。

「『加治木屋』我是半出於興趣開的。」

加治木語帶辯解地說起來。

「本行就像你看到的，靠房租過日子。光是這樣太閒了，就拿一樓來自己開餐廳。」

「旁人聽了只有羨慕的份。坐擁大樓，還開餐廳兩頭賺。」

「哪有這麼風光。只是因為勞碌命，不做些什麼就坐立難安。」

「您記得川島先生嗎？」

「哪忘得掉。他那個人不會裝笑，個性卻很認真。從來不無故缺勤，學東西又快，幫了我很多忙。本來現在他也應該在我這裡工作的。」

加治木遺憾地說。他提起川島說的都是好話，就更方便白井開口了。

「他來我這裡，是蔓延防止措施剛結束，客人開始回籠的時候。大概是辭了上一個工作，生活很緊迫吧。面試的時候也看得出他很拚。像這樣的人會盡心盡力工作。我猜得一點都沒錯。待客雖然不怎麼樣，但他的認真就抵得過。正派的工作都一樣，認真努力是最大的賣點。」

加治木一臉失望地搖頭。

「好不容易客人才回來，確診人數又爆增。日本人不知是守規矩還是膽小，新聞一說確診人數增加，政府什麼都不用說，大家就自動減少外出外食。這對餐飲業是一大打擊。開店的日子越多賠越多。這一帶的店也是一家一家倒。我把『加治木屋』收起來的時候就很擔心員工的去處，可是我自己也是捉襟見肘。聽說川島是窩在房間裡熱中暑死的？」

「死後兩週才被發現。」

「真可憐。」

加治木頹然低頭。看起來實在不像裝出來的。

「川島先生有交好的同事嗎？」

「哦，抱歉抱歉。分贈遺物是吧。沒有，我也算是會仔細觀察員工動態的，不過川島沒有走得特別近的朋友。他都是店裡一打烊就直接回家。不是，他才進來沒多久店就收了啊。根本來不及跟同事多認識。都怪我不會經營。」

「川島先生的遺物是他作的曲子的壓縮檔。」

「電子檔是可以複製的吧。可以的話，能不能也分給我？」

加治木實在不像對獨立樂團感興趣的人，因此白井有點意外。

「哪天再開店的話，我會放在店裡播。做音樂的人一定都希望有更多人可以聽到他們的音樂吧？」

白井感動得好想哭。

4

結果，回應分贈川島遺物的，就只有父母、松崎和加治木。這對負責整理遺物的白井而言，真是再輕鬆不過了。

問題是，無論他在川島身邊怎麼找，就是找不到曲子外流給美香的行跡。

〈深夜吶喊〉無疑是抄襲了〈change up!〉。但若是無法證明〈change up!〉是如何外流到美香那邊，事情就會以單純旋律雷同告終。

國內外的音樂加起來，存在著無數樂曲。組成的音素是有限的，當然有機會出現相似的曲調。事實上，目前有抄襲嫌疑的作品，除了一小部分被視為剽竊，除此之外的多數都被認定為純粹的偶然而不了了之。

白井相信，如果川島的曲子是被盜用了，那麼將這個事實攤在陽光下便是他自己能為川島所做的憑弔。只是現況是什麼證據都沒有，他無法展開具體的行動。在網路上公開〈change up!〉讓美香和「KITOO RECORDS」炎上是最簡單迅捷的方法，但一個沒弄好自己可能會被告。

在事務所前思後想時，五百旗頭叫了他：

「你從剛剛就一臉苦大愁深的樣子，在想什麼想得這麼出神？」

「沒，沒什麼。」

「怎麼會沒什麼。眉頭皺得都能夾住手指還好意思說。」

白井抬頭看五百旗頭。這是他最近見到的人當中最值得信賴的。

「我說呢，」

不等他回應，五百旗頭便在他旁邊坐下來，

「猶豫迷惘的時候就問問別人。不是要指望別人的回答或是作為參考。最大的好處是，說出來能讓你整理思緒。」

「五百旗頭先生說的真有道理。」

「畢竟比白井你多活幾年啊。所謂的年長就是這麼一回事。」

有些老人活得雖久，卻只會說一些幼稚的胡說八道。五百旗頭的智慧和見識應該是來自經驗的不同才對，並不是活得比較久。

找五百旗頭商量，不會對任何人不利。就算他的回答反社會、不符一般常識，也只要當作沒聽到就好。

「在分贈遺物的處理上，遇到了一個我無法坐視的問題。」

白井下定決心，說出了川島的曲子可能遭到抄襲。五百旗頭默默聽完，雙手放在腦後。

「不如先去敲門看看反應？」

「你是說和對方接觸？」

「也不用接觸。丟一則訊息到信箱就行了。要是對方以為是無的放矢就會置之不理，要是心虛就會有反應。又不是在網路上散播，要一對一的話，這是最安全有效的。」

「……仔細想想，我怎麼覺得很像恐嚇？」

「不用仔細想也是啊。如果對方是清白的，也不過就只是有人找個碴罷了。」

被明白點出來，還真是言之成理。白井無可反駁。

「我會參考的。」

「喔。啊，寄件人的住址就用我們事務所。」

「可以嗎？」

「風險要分散是永恆的真理。」

神奇的是，說一說心裡的煩悶真的就消散了。

白井燒好〈change up!〉的CD，寄到「KITOO RECORDS」轉山口美香。

一般歌迷的信都是寄給「米卡龍」的，以歌手的本名為收件人，就是看準了事務所和她本人不會輕易置之不理。

一將信丟進郵筒，白井頓時覺得肩頭一鬆。感覺就像窮盡全身之力朝著黑暗投出了一個直球。這一球是好球還是爆投，則取決於對方。

〈深夜吶喊〉後來也持續熱賣，下載終於突破五十萬。超過五十萬就是雙白金，被認定為無可置疑的暢銷金曲。過去一直沒有暢銷代表作的中堅歌手做出了起死回生的一擊。這種絕處逢生的故事是同情弱者的日本人難以抵抗的，米卡龍的媒體曝光率立刻大增。

許久不見的美香呈現了正面討喜的成長。二十多歲時還隱約可見的野性雖然隱沒了幾分，但一路走來絕非坦途的陰影更為她增添了魅力。

在事務所休息的白井以手機看的訪談裡，美香甚至展現了資深歌手的風格。

『恭禧突破五十萬次下載。』

『謝謝。』

『現在的聲勢也直逼三白金（七十五萬次下載），再下去百萬金曲（一百萬次下載）就在眼前了。』

『其實，我還是覺得很不真實。所謂的串流，對創作人而言，除了數字勾不起任何興致。再加上現在也很難舉辦活動和企劃，感覺就更不真實了。』

『就是啊。握手會和現場演唱現在都停辦了。』

『我這個年紀辦握手會也不太合適……現在我的時間都用來製作專輯。』

『喔，這對歌迷來說是個好消息呀。選曲還是要以〈深夜吶喊〉為主嗎？』

『現在還在錄製，還談不到整張專輯的結構。不過我是覺得，滿足歌迷的要求是我們老人的使命。』

『您還不到那個年紀吧？』

『現在流行樂界都是靠十來歲的偶像團體來活絡。說我是老前輩也只能認了。不過，老前輩有老前輩的想法和音樂。人無論被逼到什麼絕境，都有他的奮鬥方式。』

『哦，這和〈深夜吶喊〉的歌詞不謀而合呢。〈深夜吶喊〉果然有米卡龍對社會宣戰的意味嗎？』

『每個人對歌曲都有自己的解釋。也有人認為這是對尾崎豐〈十五夜〉致敬。所以我儘量不解釋歌曲。首先，硬要賦予歌曲意義不是反而侷限了嗎？有句話說，誤讀也是一種看法。音樂也一樣。怎麼聽、怎麼解釋就更自由了。』

如此標準的模範解答，米卡龍的歌迷一定點頭如搗蒜吧。

但白井卻覺得索然無味。

別人種樹你乘涼，還好意思說什麼「人人都有他的奮鬥方式」。別鬧了！

一直被壓抑的憤怒從心底翻騰而上。

收到我寄的〈change up!〉的壓縮檔，還擺出這種態度？妳是要封殺川島的想法和執念嗎？

等著瞧吧！既然如此，我也不會坐以待斃。

憎恨之火再次點燃時，有人打開了事務所的門。

「歡迎光……」

白井無法把話說完。

站在門口的人是美香。

好久不見——她說得若無其事。

「抱歉打擾你工作。現在方便說話嗎？」

她的突然出現，讓白井說不出話來。趕緊朝五百旗頭看，只見他擺擺手，示意他快去快回。

白井和美香一起離開事務所。剛才的怒火因為突發狀況而麻痺了。

「你還好嗎？」

「還活著。」

「你竟然成了上班族啊。」

「損人是嗎？」

「相反，是稱讚。一直做這一行，就能切身體會到我們是由佔勞動人口八成的上班族支持的。白井比起我們這種不穩定的自由業了不起多了。」

「妳怎麼會跑來？」

「因為寄件人的地址是這裡。」

「看來妳收到川島的 Demo 帶了。」

「畢竟是寄給我的本名的啊。怎麼可能不送到我手裡來。」

「那妳知道我為什麼要寄那個給妳嗎？」

「你懷疑〈深夜吶喊〉是抄襲〈change up!〉對不對？」

「比較一下就聽得出明顯是抄襲啊。妳怎麼好意思抄襲以前同團的人作的曲？」

白井質問美香。但美香卻冷靜極了。

「川島的遺體呢？」

「火化以後，由他父母領回去了。Demo帶本來是存在他的電腦裡的，是我燒成了CD。」

「哦，那是白井把遺物分給我的囉。謝啦。」

「回答我。妳為什麼要抄襲他的曲子？是覺得死人不會說話嗎？妳知道他最後是怎麼死的嗎？明知道才抄襲的？」

「他是因為被斷電最後死於熱中暑吧。新聞和社群網站都有說。就算不願意想像還是忍不住會去想。」

美香從單手拎的包包裡拿出一封信。一看，和白井一樣，是寄到「KITOO RECORDS」轉山口美香的。

寄件人是川島。

「你們的想法都一樣。果然是物以類聚。」

「難道……」

「是川島自己把Demo帶寄給我的。我填了詞，請人編曲。不是抄襲，〈change up!〉是〈深夜吶喊〉的原曲。」

「川島為什麼要這麼做？」

「不用我說你也應該明白吧。他把Demo帶託付給了我。要我讓〈change up!〉得見天日。填完詞以後和原來的曲名不合，我只好改了。」

「騙人。」

「證據就在那個信封裡。跟母帶一起送來的。」

白井以發抖的手指取出信封裡的東西。他還記得不知被迫讀過多少次爛歌詞。幾張信紙上的字，的確是川島的沒錯。

川島省略了問候語，提了提近況便直搗主題。

『同封的CD裡收錄了Demo帶。曲名叫作〈change up!〉。這十年，我寫了一堆不像樣的曲子，只有這首另當別論。我自認為是一首傑作。但妳也知道，我完全沒有作詞的本事。只有旋律沒有詞，別說主流，連硬地都不會收。

所以，可不可以當作「米卡龍」的曲子來發表？我也知道美香最近處在什麼立場。要紅遍大街小巷，需要一點衝擊。代表作出自沒沒無聞的人就沒什麼意思了。不要提我，說是「米卡龍」作詞、作曲比較好。但是版稅要歸我。如果這樣妳還是不同意，也可以等曲子紅了再考慮。妳知道嗎？我已經快三十了。我為主流出道努力了十幾年，也累了。我累了，不想再告訴自己我不是只想出道，而是為了夢想努力，不想再堅持相信自己有才能，只是全世界看不到我。這大概會是我最後一次挑戰。要是「米卡龍」作詞、作曲的〈change up!〉沒有紅，那我就什麼辦法都沒有了。我會脫離戰線。

我知道這都是我自作主張。可是，看在以前同團的份上，請妳答應。這是我一生的請求。

永遠的貝斯手上』

最後的結尾讓人想笑也笑不出來。
「〈深夜吶喊〉，不，〈change up!〉紅了。我會遵守約定。接著會推出專輯，作曲者我會放川島瑠斗。」
「這樣好嗎？一定會被人追根究柢問怎麼回事的。」
「沒關係。要是說實話就一蹶不振，那就表示我只有那點能耐。這樣白井滿意了嗎？」
「嗯，滿意極了。」
「那就好。啊，對了。川島留下來的 Demo 帶，也拷貝一份給我。我想我也有權獲贈遺物。」
「我馬上寄。我保證。」
「那我等你寄來。走囉。」
美香將手抬到胸口的高度擺了擺，然後一個轉身背對白井。
這時，〈深夜吶喊〉的一段歌詞突然在腦海中浮現。
『深夜裡吶喊，為我而喊

深夜裡吶喊，為你而喊
哭著笑著，面對世界』
啊啊，原來。
原來那些歌詞是對川島說的話啊。
白井一直望著美香的背影，直到她消失在視野裡。

正の遺産と
負の遺産

1

「就是這裡嗎？對象物件。」

一在目的地下車，秋廣香澄便意外地問道。往身邊白井寬看，他同樣也是以略帶疑惑的神情看著獨棟的物件。

也難怪，五百旗頭心想。孤獨死這個詞會讓人聯想到貧困，卻與這次的案件相去十萬八千里。雖說是獨棟屋，但這裡可是依然嶄新的洋房，與土地合計，多半價值好幾個億。也難怪白井和香澄會吃驚。

「住這種豪宅還是獨居老人？」

「秋廣啊，住豪宅不見得就是跟家人同住啊。」

「可是人到了高齡，不就會對很多事感到不安嗎？心情上或是金錢上都是。」

「說起來是很討厭，可是世上的不平不滿和擔憂，絕大多數只要有錢就能解決。生活起居看是要請家政婦還是居家照顧服務員就能解決，有些人上了年紀就嫌家人煩。」

「煩嗎？這我有點難想像。」

這倒是很香澄的感想。她還是把理想放在經驗法則之前。有不少人隨著年齡增長，兩者的順位會顛倒過來。會羨慕香澄，或許便是五百旗頭往年老靠近的證據。

住在這棟住宅的是諏訪連司郎，有「平成最後的投資大師」之稱。他在平成二年新年開市的大暴跌之後嶄露頭角，在許多投資家紛紛陣亡之中，一手賺得億萬巨富，是個勵志人物。

只是諏訪連司郎為公眾所知的也就這麼多，多年來他的為人與私生活都是一個謎。本來投資家就少有人愛出鋒頭，願意拋頭露面的人不多，而諏訪的資訊就更少了。

基於這樣的背景，從委託人口中得知當事人姓名時，五百旗頭也非常驚訝。

「委託人是他女兒吧。」

白井臨時想到般說。

「是他的長女。接到家政婦的聯絡後委託我們的。」

「就算再怎麼有錢，死了好幾天才被發現還是一件很討厭的事啊。」

本來應該是死亡的翌日就會被發現，卻拖到一週之後，是因為負責的家政婦休假。在休假中服務的客戶孤獨死，家政婦一定晚上都睡不好，五百旗頭擔起不必要的心。

屍體發現的經過如下：

家政婦桂幸惠是兩年前起開始為諏訪連司郎做事。連司郎有狹心症的老毛病，桂幸惠便是因為有看護助手證照而錄取的。她每週去諏訪家五天，每年會休一個長假，但不巧連司郎便在這段期間內發作，她在休假一週後回來上工時發現了屍體。

現在殘暑未消，白天超過三十五度的日子也很多。屍體在屋內放置長達一週，會腐爛得連原形都不留。據說獲報趕來的機動搜查隊與轄區員警面對屍體的慘狀也不知如何是好。

「但有人領回遺體就算好的了。」

「遺體已經火化了嗎？」

「這就不知道了。找我們來特殊清掃，所以應該是已經移走了，但燒了沒我就沒問了。」

無論如何，處理屍體是警察或法醫的工作。他們只要清潔髒污的室內就好。

喔，差點忘了。

「這次的工作除了清掃以外還有別的。這部分還要拜託你們。」

就在白井和香澄對望一眼的時候。

有陌生的轎車開進來，而且不止一輛。最後陸續停了三輛車，加上五百旗頭他們的廂型車，把空地都佔滿了。

從三輛車上下來的人都是女性。

「辛苦了。幾位是『終點清潔隊』的吧？」

三人中看來年紀最大的女子對他們說。這個聲音五百旗頭有印象。

「您是委託我們的諏訪先生的長女嗎？」

「我是諏訪千鶴子。」

千鶴子自我介紹時，另兩位也走到她身邊與她並列。一副絕不交出主導權的樣子。

「這是次女杁山梨奈，三女岡田彩季。」

和事前得知的一樣。

連司郎與妻子有三個孩子，但妻子在老么二十歲時離世。長女千鶴子招贅，妹妹們也都結了婚。但今天她們都沒有帶配偶來。

「看你好像很吃驚，不過家屬全部就我們三個，放心吧。」

「我並不擔心。」

「那就好。」

千鶴子趾高氣揚地點了頭，便又坐回車上。妹妹們也有樣學樣，坐回駕駛座。應該是不願意頂著大太陽等吧。

「五百旗頭先生，五百旗頭先生。」

香澄一臉嫌棄地問。

「她們到底是來做什麼的？」

「就是剛才說的清掃以外的工作啊。」

五百旗頭是想安安靜靜地著手工作，但事情無法盡如人意。

「遺物整理我也接了。」

「過世的人是專業投資人吧。那手邊應該留下了不少有價證券，這房子加上土地，也是莫大的財產。」

「所以啊，遺產繼承是律師的領域，但分贈遺物就是我們的領域了。」

一樣是分贈遺物，但資產家的遺物則會令人連想到貴金屬等值錢物品。她們幾個姊妹便是在意這一點吧？

無論如何，作業都要在家屬的注視下進行。五百旗頭心頭閃過一陣不安，自己也就算了，就怕白井和香澄會縮手縮腳。

三人照常換上防毒面具和防護衣，將補充水分的寶特瓶放進保冷箱。看兩人準備好了，五百旗頭便打開了玄關的門。

「打擾了。」

明知不會有人回應，還是先打聲招呼，作為對往生者的禮儀。雖不知遺體是送解剖還是已經火化，但既然沒有員警看守，可見已經以自然死亡來處理。那就不必在意會留下足跡了。

不，或許不在意的是警方。畢竟從寢室到玄關一路都留下了看似屍水的點點飛沫。應該是搬出遺體時滴落的，但也太不小心了。根本沒有考慮到會造成事後清潔人員的麻煩。

不過屋內整理得井井有條。看得出桂幸惠平日的工作表現。也因此除了寢室以外的特殊清掃得以在最小的範圍內完成。雖說是獨居老人，但還好平時有家政婦定期出入。

屍水的飛沫在寢室前中斷。踏進現場的那一刻終於到了。即使隔著面具，還是能感覺到候在後面的兩人的緊張。

門打開的那一瞬間，一陣熱氣撲面而來。護目鏡蒙上白霧。五百旗頭走進去，便知道室內的狀況一如預期。

首先，無數隻蒼蠅附在護目鏡上。五百旗頭揮開煙霧般趕走蒼蠅。

照護床是電動升降式的，體積偏大，但寢室本身很寬敞，因此沒有壓迫感。床單中央，屍水形成一個人形。屍水從床單的邊緣滴落到地板上，形成褐色的積水。

屍水上有無數隻蛆蠕動著。高溫多濕的環境中，連想像到底已經有幾百隻羽化了都令人厭煩。

「先驅除害蟲再拆床墊。整座床分解再丟棄。」

他們在室內噴灑大量的殺蟲劑。在白色的煙霧中，蒼蠅等害蟲成群墜落。

除了床，還有書桌和書架，看得出是將房間當寢室兼書房來使用。書架上幾乎都是投資的專業書籍，只有幾本歷史小說。連一張照片都沒放，房間看起來極其冷清。

過了十五分鐘，三人先來到戶外，然後摘下防毒面具。汗頓時像瀑布般流下。

香澄邊擦汗邊對白井說：

「我說啊，白井先生。」

「幹嘛？」

「頭一次見到白井先生的時候，我就覺得你好瘦，身材好精實喔，想說是不是平常都有去健身房，後來才知道，只要一直做特殊清掃這個工作就會練出來對不對？」

「不用去什麼健身房，身體活動量這麼大、流這麼多汗，想胖也胖不起來。」

「這樣不用繳入會費，反而有薪水可以拿，真是太讚了。」

最近，香澄開始會開一些自虐的玩笑了。五百旗頭認為這個傾向不錯。表面再光鮮的職業都還是有陰暗面，有外表看不出來的黑暗。心懷希望入行的新人之所以會挫折，就是被這些陰影絆倒的。

負面的部分並不是說撇開就能撇開的。首先要培養出耐性，培養的第一階段就從客觀的觀點開始。能夠客觀面對，自虐和黑色玩笑就會脫口而出。再來只要有心理準備和上進心，心態就會越來越強健。

害蟲大致驅除完畢，便開始噴消毒水。香澄在消毒與清除害蟲殘骸時，五百旗頭和白井一起處理床。

床單揉成一團塞進垃圾袋，一看床墊，明明厚達三十公分，體液還是滲了個透。反正是不可能回收利用，兩人聯手將床墊裁成小塊。立刻裝滿了好幾個垃圾袋。

處理好床墊，才是拆解床鋪本身。雖然是座高價的床，但屍水和病菌可能潛藏在肉眼看不見的部分，不得不廢棄。

近來越發常見的電動升降床拆起來非常費事。原因是四座馬達與堅固至極的升降框。驅動馬達很難拆，而升降框不但難以拆解，又很重。五百旗頭和白井兩人拿著螺絲起子進攻。歷經三十分鐘苦戰，終於將床分解到可以搬得出去的大小。接下來就只要拆掉床頭板、床板和床尾板就行了。

「休息一下吧。」

五百旗頭一聲令下，兩人進入不知第幾次的休息。消毒之後再除臭，特殊清掃這部分的工作便完成了。

「寢室清掃完，再來就只要清理走廊上的飛沫對不對？」

「我和白井還要拆床。走廊就交給秋廣。要是地板非拆不可再告訴我。」

「了解。」

給兩人指示下到一半，有道影子擋在五百旗頭他們面前。

「是不是快弄好了？」

是由千鶴子領頭的三姊妹。五百旗頭心裡想著真是性急，搖頭說道：

「還有寢室的除臭和拆解床鋪，走廊的清掃也還沒有完成。」

「走廊只是從寢室到玄關滴了幾滴髒水而已吧。在上面鋪個東西就可以走動了對不對？」

千鶴子的問題之後，杁山梨奈也緊接著問：

「對呀對呀，只有寢室要除臭嘛。那你們只要關在寢室裡作業，我們進出其他房間也不會影響啊。」

「不是的。若是污染程度嚴重，最糟的情況是大家都有被感染的危險。走廊的地板也可能要剝除，這麼一來，就不方便在室內行走。」

「我們沒有打擾你工作的意思。可是，這種事不是應該以家屬的意思優先嗎？再說，還有家父的遺願，身為父親，應該很想立刻將遺物交給自己的女兒吧。我們也不是什麼準備都沒做。」

梨奈邊說邊從包包取出室內拖。千鶴子也呼應她，拿出室內軟鞋。

「既然妹妹們也都做好了萬全的準備，請你們徹底打掃寢室和走廊。我們做我們該做的事。」

有了千鶴子這句話，梨奈也走進屋裡。

「兩位、兩位，這樣我們很困擾。」

五百旗頭連忙制止，但已經太遲了。兩人爭先恐後地進了屋內。

只有老么岡田彩季孤零零地留下來。

「真對不起，姊姊們讓你們見笑了。」

彩季一臉羞愧地行了一禮。

「她們平常不是那樣的，只是因為分贈遺物的事有點心急。給你們添麻煩了。」

「妳不急嗎？妳的兩位姊姊倒是一副先搶先贏的樣子闖進來。」

「因為我是老么，父親很疼我。有這些回憶就夠了。」

「那麼，妳要婉拒分贈遺物嗎？」

被這麼一問，彩季略加思索之後才回答。

「這個啊，如果能擁有一件讓我憶起父親的東西是很讓人開心。」

「去找吧。」

「可以嗎？」

「反正令姊們都在裡面到處跑了。再多一個也一樣。」

「那麼，我就不客氣了。」

彩季向三人點個頭，才跟在姊姊之後進去。

因為特殊清掃的工作性質，五百旗頭不知看過多少家屬貪婪的嘴臉。但像諏訪姊妹貪婪得這麼露骨的家屬倒是頭一次見。只見她們把客廳、書房當自己家到處翻，貴重金屬、高級家具，最後連牆上掛的畫都不放過。
「等一下，那幅石版畫是我先找到的。」
「我兩年前就看好了。梨奈妳才是，那座鐘讓給姊姊。」
「才不要。爸在的時候，答應過將來要給我的。」
「妳有證據嗎？」
「拜託，這又不是先搶先贏。只是先把能作為遺物分贈的東西選出來而已。
明明說好所有權之後再協議的。」
「可是啊，梨奈，妳不覺得頭一個找到的人有優先嗎？」
「大姊、二姊，妳們都小聲一點啦。」
「和不動產和股票比起來，這些擺飾和畫根本算不上什麼呀。」
「但拿去賣還是值不少錢的。要是敢偷拿，我可不會饒妳。」
姊妹在走廊上爭吵的聲音也傳進寢室，白井每次聽到都會皺眉。
「至少可以確定她們說的話一點也不溫馨，五百旗頭先生。」
「但那是別人家的事啊。白井也是，也該聽慣這類家屬的爭吵了吧。」

「聽是聽慣了。我只是以為資產家會更文雅一點。」

「俗話說『衣食足而知禮節』，錢包的深度與涵養的深度未必見得一致。」

「的確。」

特殊清掃的工作做久了，有所得也有所失。這是個惱人的問題，但五百旗頭倒是認為，只要得到的比失去的多就好。

彎腰要拆床板的五百旗頭看到床腳，感到訝異。

「奇怪了。」

「怎麼了嗎？」

「床腳是有輪子的。」

「有輪子床才方便移動不是嗎？」

「同感，但不是為了方便打掃。」

一個眼色過去，白井也點頭表示了解。兩人分別抓住床的兩端，將床移到旁邊。

床的正下方出現了一個五十公分見方的格子。不是木質地板的樹紋，是一扇有把手的門。

「五百旗頭先生，這是……」

「就是床有輪子的理由。」

抓住把手，慢慢掀起門。

從中出現的，是一個轉盤式防火保險箱。

特地藏在設於床底的這個秘密場所的防火保險箱。收在裡面的不太可能是不值錢的東西。

「白井，能不能去叫一下家屬？我覺得裡面的東西，八成比擺飾和畫重要。」

「好。」

除臭已大致結束，正開了窗通風換氣。把家屬叫進來應該也不會感染。

聽說了保險箱的事，千鶴子她們跑進寢室。

「有保險箱？」

「還偏偏在床的正下方。難怪怎麼找都找不到。」

原來妳們找了啊。五百旗頭聳聳肩，內心暗自嘆息。

他和白井試著兩人合力搬上來，但防火保險箱雖是小型的卻也份量十足。恐怕有四十公斤重。為了怕傷到地板，費了好大的工夫才搬上來。

「用轉盤式的鎖鎖住了。幾位有保險箱的鑰匙嗎？或者有哪位知道密碼？」

姊妹三人面面相覷，又紛紛搖頭。雖是預料中事，也只能多費一道工。

「沒有鑰匙，也不知道密碼，那就只有破壞保險箱這個辦法，二位覺得呢？」

「破壞沒關係。」

千鶴子沒有任何猶豫。

「要是家父在場，一定也會這麼說。」

五百旗頭很想翻白眼，但努力裝作若無其事。

「用鐵撬是撬不開的。白井，從車上拿鐵鎚和砂輪機來。」

「了解。」

這麼堅固的防火保險箱要是敲壞時沒敲好，鐵的部分變形了，反而會更難打開。所幸合頁是外露的，首先應該把這部分切斷吧。

「拿來了。」

五百旗頭立刻拿起砂輪機著手切斷合頁。噪音震耳欲聾，但三姊妹面不改色地注視著合頁漸漸被切斷。

幾分鐘之後，合頁順利切斷了。但光是這樣保險箱還是打不開。接著將刀刃抵住門的部門，再度轉動砂輪機。

一直發出輕快聲響的砂輪機中途突然發出難聽的聲音。這也在五百旗頭的預料之中。是填充在保險箱內部的氣泡混凝土阻擋了刀刃的侵襲。

用鐵鎚持續敲水泥，終於產生龜裂，發出沉悶的聲響碎了。清除水泥碎塊後，露出了另一片鐵板。

第三次轉動砂輪機的幾分鐘後，刀刃終於穿透到另一邊。

「我打開了哦。」

五百旗頭的這句話後，響起三姊妹倒吸氣的聲音。

「喔。」

從中出現的是一封信，封面墨跡鮮明地寫著「遺囑」。

三姊妹的眼神立刻變了。被吸住般集中在五百旗頭拎起的遺囑上。

「遺囑……怎麼會在這種地方？」

「是不是哪裡弄錯了？」

「姊，快打開呀！」

三姊妹正要伸手時，五百旗頭制止了她們。

「不好意思，諏訪小姐，令尊是否聘有律師或代書？」

「有的，我們家有顧問律師。」

「能不能請您儘快聯繫？床底下的秘門裡藏了防火保險箱。防範得如此慎重其事，不要輕易打開遺囑才能避免事後的麻煩，不是嗎？」

被制了先機而一臉不滿的千鶴子不情不願地點頭表示同意。

接到通知趕來的律師溝端美咲是諏訪家的顧問律師。

「是在特殊清掃時找到的是嗎？真的非常感謝您在打開遺囑之前便聯絡我。」

溝端律師深深行了一禮。

「因為像諏訪家這樣的富豪之家，遺產分割協議時爭議不少。交給顧問律師最為妥當。」

「溝端律師知道遺囑的內容嗎？」

「不知。上個月，我接到諏訪連司郎先生的電話，詢問我遺囑成立的條件，如此而已。由於這問題的性質，我一心以為是最近要立遺囑，沒想到諏訪先生竟然自己寫好了。」

五百旗頭和溝端律師談話的地點，是已完成清掃的寢室。稍後溝端必須前往客廳，在三姊妹面前發表連司郎的遺囑。雖不知遺囑內容，仍能預料即將發生的騷亂，溝端不禁有些心生同情。

「不過，家政婦也要同席倒是令人驚訝。」

「連司郎先生聯絡我時，交代過等發表遺囑的機會來了，也要請桂女士同席。」

「原來如此。那麼，請您履行您的職責吧。」

「說什麼呢，五百旗頭先生也要在場的。」

溝端律師說得理直氣壯。

「五百旗頭先生，您受託整理遺物吧。遺囑的內容也可能提及遺物，請您務必要在場。」

「既然如此，那好吧。」

五百旗頭讓白井和香澄先回去了，所以即使在這裡多耗些時間也不會影響工作。考慮到遺物整理，當場知道遺囑的內容是最好的。

走在走廊上，溝端律師小聲問道：

「您曾經親眼看過遺產分割協議嗎？」

「沒有，但分贈遺物的場面也頗為慘烈。」

「可以想像。」

溝端律師嘆了短短一口氣。

「以我的立場，這話不能大聲說，但『美田不為子孫謀』真的是至理名言。」

三姊妹在客廳裡一字排開，角落裡一位五十開外的女性不自在地坐著。這一位顯然就是家政婦桂幸惠。

「各位久等了。」

溝端律師環顧眾人之後開口說道，

「那麼，在此開啟遺囑……咦？」

她一臉不可思議地拿出了兩封信。

「奇怪了，遺囑竟然有兩封。呃，那麼，首先從這封開始。立遺囑人諏訪連司郎的遺囑如下。」

溝端律師停頓一下，先掃了一遍文字。

「『一、土地及建築物（參照後述財產目錄）以適當價格出售變現後，由諏訪千鶴子、杁山梨奈、岡田彩季三人均分。』」

「豈有此理！怎麼能均分！」

千鶴子嚷道，但溝端律師不理，繼續讀道：

「『二、諏訪連司郎名下存款如右，由三人均分。』」

不會吧——梨奈不解地喃喃說道。

「『三、同上，諏訪連司郎名下的有價證券於市場以合理價格出售，由三人均分。』」

彩季呼的一聲，短短吐了一口氣。

「『四、邸內之貴重金屬、家具、用品等，委託二手業者或適當業者變現後，仍由三人均分。』」

三人已經什麼話都不想說了。似乎對於均分一事極為不滿。

「『另，於上列財產之外，存款中之三千萬圓贈予辛勤看護我的桂幸惠女士。』」

咦！——幸惠驚呼。

「怎麼會！給我三千萬？」

「『立遺囑人指定諏訪家之顧問律師溝端美咲為遺囑執行人。二〇二二年八月二日 諏訪連司郎』。」

「這個無效。」

溝端律師一宣讀完，千鶴子立刻尖聲說。

「不管長女還是么女都平均分配，太可笑了。這封遺囑是違反父親遺志的假貨。」

「不是。」

溝端律師立刻加強了語氣，

「我無意頂撞，但這份遺囑在法律上是完全有效的。前幾天，連司郎先生詢問遺囑成立條件時，我便這樣向他說明：一、全文要由立遺囑人本人親筆書寫。二、要明確記載立遺囑日期。三、要以戶籍上的姓名全名正確書寫。四、姓名後要蓋章。這份遺囑蓋了連司郎先生的印鑑。因此這封親筆遺囑在法律上完全有效。」

律師凜然的語氣讓三姊妹都住了嘴。另一邊，獲贈三千萬圓的幸惠則是感動得流淚。

一臉不滿的三姊妹與感恩不盡的幸惠形成對照，但當場的氣氛被溝端律師的聲音打碎。

「等等，請等一下。」

五百旗頭奇怪還會有什麼事時，溝端律師看完了第二封信。

「怎麼會……萬一是真的，遺囑內容就會不同了。」

「律師，上面到底寫了什麼？」

五百旗頭一問，溝端律師的眉頭便皺了起來。

「我認為這也是遺囑的一部分，這就為大家宣讀。『寫好遺囑之後，我開始害怕。有家人要殺我。我不知道是誰，但有人想要馬上拿到遺產。萬一我死於非命，極有可能是他殺。二〇二二年八月四日 諏訪連司郎』。這部分也是全文親筆書寫，有本人的簽名。」

聽了內容的三姊妹和幸惠神情都很震驚。

「萬一，萬一繼承人之中有人謀殺了連司郎先生，便會自動被遺產分割協議排除。而當然，遺囑一事我必須通報警方。」

2

正想著事情變得形勢詭異時，警方便匆匆趕來了。

「我是葛飾署的綠川。」

還好是認識的刑警。

「我接到溝端律師的聯絡就趕來了。誰想得到照護床底下竟然有暗門呢。這也要感謝五百旗頭先生啊。」

「哪裡。對了，警方斷定諏訪連司郎先生之死是病死？」

「老實說，在相驗的階段並沒有看出異狀。」

明明應該不是他親自相驗的，綠川卻懊惱地說。

「總之，就是標準的狹心症發作。處方藥就放在書桌上，檢視官判斷是發作的本人搆不到藥活活悶死。」

「藥沒有異狀嗎？」

「是平常去拿藥的藥局開的鈣離子通道阻斷劑，如假包換。」

「那發作的時候，如果手邊沒有藥，直接致死的可能性挺大的啊。」

想要連司郎死的人只要把藥藏在他搆不到的地方就能達到目的。恐怕沒有比這更省事的謀殺了。

「誰有宅邸的鑰匙？」

「連司郎親自把備份鑰匙交給了家政婦桂幸惠。為預防緊急狀況，長女千鶴子那裡也有一副。」

綠川似乎也在想同一件事，眼中浮現懷疑之色。

「要不是找到遺囑添附的信，這個案子就直接以病死結案了。全部財產由三姊妹均分雖然極度符合常識，但考慮到諏訪家的總資產，三分之一也是一大筆錢。如果是手頭緊的人，一定巴不得被繼承人早點死。對了，遺物那邊有值錢的東西嗎？」

「她們姊妹已經把屋裡的東西全都搜齊了。找了貴金屬鑑定師，現在正在估價。看樣子也會是一般平民難以想像的金額。」

「無論如何，有人會因為連司郎的離世而獲益，而連司郎本人也受到其威脅。這是非常重要的事實。」

連司郎的遺體已送到監察醫務院解剖，但由於沒有發現特別可疑之處，已開出死亡證明給千鶴子。只待她送往區公所即可進行火葬。

「我會向諏訪千鶴子說明情由，請她先不要送區公所。遺體預定今天會再次解剖。」

「從監察醫務院改送法醫學教室嗎？可是既然是發作造成的死亡，就算換一個法醫，解剖的結果只怕不會有太大的差異。」

「話是沒錯，」

綠川說得遲疑。既然事態急轉直下，警方也不得不重新檢討解剖報告吧。
「無論如何，不能就這樣讓遺囑執行下去。」
一直保持沉默的溝端律師插嘴了：
「我們只能等警方的搜查結果。畢竟如果三姊妹中有人殺人，當然就失去繼承人的資格。」
「溝端律師，遺囑附的信是連司郎親筆寫的沒錯吧？」
或許是綠川的再三確認冒犯了她，溝端律師毫不掩飾地擺出不悅的神色。
「已經和保管在敝事務所的文件比較過了。筆跡和印鑑都是真的。不然要不要請科搜研來查？」
「那麼我就先借用一份。遺囑除了溝端律師以外，沒有人碰過吧？」
「對。信封不算，碰過信紙的只有我。」
換句話說，若遺囑或信上驗出了溝端律師以外的指紋，嫌疑就會指向該人物。
「那我反過來請問，綠川先生，警方來到連司郎先生的寢室時，鑑識人員沒有發現什麼可疑之處嗎？」

「我們在採集跡證上當然沒有疏漏。但府內殘留的只有連司郎先生與家政婦桂幸惠女士，以及三姊妹的毛髮和指紋。三姊妹每年會回幾次娘家，自然會留下毛髮和指紋。」

三人嘴上都不提，但正因如此，也可以說平常能自由出入的人才可疑。

「發表遺囑時，三姊妹是什麼樣子？」

「我一直專心在宣讀內容，不能仔細觀察。五百旗頭先生呢？」

「確實是有不太對勁的地方。」

綠川緊緊抓住這句話。

「什麼樣的不對勁？」

「可能是因為我是一介平民才會這麼想，她們對於遺產均分好像很意外。尤其是長女千鶴子和次女梨奈顯得很憤慨。三分之一應該也很不少了。」

「那不是當然的嗎，五百旗頭先生。有錢比沒錢好，錢多比錢少好。生活不愁就想要更多。人就是這樣的。」

其實，還有另一件事也讓五百旗頭覺得不太對勁，但因為太過模糊，所以他沒有說。

千鶴子和梨奈都很憤慨，卻不至於抓著溝端律師不放。雖憤慨，卻還算自制。那不是手握三分之一遺產者的從容，在五百旗頭看來，是充分武裝的人的從容。

「喔，五百旗頭先生現在是一般民眾喔。」

綠川一副自知話太多的樣子，按住自己的嘴。

「我想您也知道，調查內容還是請您保密。」

雖然很想抗議說自己又不是自願被牽連的，但五百旗頭還是沒說。

「很抱歉我們不能透露太多，但如果有什麼新線索麻煩通知一聲。」

綠川得寸進尺地留下這句話，便去找等候在客廳的三姊妹了。身為警察，這樣的態度是理所當然的。要是五百旗頭站在他的立場，一定也會如此應對吧。

但溝端律師的想法似乎略有不同。

「五百旗頭先生，讓您捲入麻煩，容我再次向您道歉。」

「哪裡哪裡。」

「警方採取那樣的態度是不得已，但我希望在能夠執行遺囑之前，都與五百旗頭先生共享情報。當然，前提是五百旗頭先生願意的話。」

俗話說，破罐子破摔。

「遺物整理也與遺囑的四個項目互相連動。這也是一種緣份，我會奉陪到底。」

「謝謝您。」

溝端律師鬆了一口氣般，壓低了聲音。

「其實我有點不安。我也不是第一次被指定為遺囑執行人，但與命案有關卻是頭一次。」

「您擔任諏訪家的顧問很久了嗎？」

「快五年了。是連司郎先生參與的投資在網路上明顯受到誹謗中傷的時候簽的顧問約。」

「連司郎先生將自己的工作法人化了？」

「雖然極度接近個人事業，但他在投資界畢竟是名人中的超級名人，牽扯到訴訟的糾紛不少。」

換句話說，聘請顧問律師的用意是應付訴訟甚於財產管理了。

「告連司郎先生那邊的人，會不會有人想殺害他？」

「事關金錢，我想心生怨恨的人一定不是普通的恨。但實際採取行動的人應該不多。」

目前，調查線上出現的嫌犯，基於遺產相關的情由而集中在三姊妹。由於第三者無法得知連司郎的病情與處方藥物，這條線應該可以捨棄。反正，綠川他們應該會從附近的監視攝影機查出可疑人物。

「您當了長達五年的顧問律師，應該很了解連司郎先生的為人。他是個什麼樣的人？」

「我不是很想說僱主，而且是一個已逝之人的不是。」

這句話不就等於已經在說了嗎？

「我這麼說好了，無論好壞，連司郎先生都是刻苦成功的勵志人物。要在投資界擁有一席之地，不是那麼有個性的人只怕做不到。」

「與家人之間的交流如何呢？」

「我與三姊妹只照過二、三次面，不知道感情是否和睦。只不過三姊妹好像也不是常常回娘家。」

「您怎麼會這麼認為？」

「因為連司郎先生可以說完全不會提到女兒。平常有慢性病的老人家一開口多半就是孩子。」

「姊妹之間看起來也不太合。」

「之前提過的，『美田不為子孫謀』一針見血。」

溝端律師嘆了不知第幾次的氣。為他人管理財產，會累積這麼多的精神疲勞嗎？

「本來這句話的意思是叫人不要蓄財，以免讓子孫失去自立精神，但比失去自立精神更嚴重的，是成為紛爭的火種。本來相處愉快的兄弟姊妹因為繼承而翻臉的事一點也不稀奇。」

「三姊妹都結婚了吧。夫婿都插手這次的繼承嗎？」

「繼承人就只有三姊妹，她們的配偶都不在內。光是她們火力就夠強了。拜託真的不要再給我更多壓力了。」

對這句真情實感的話，五百旗頭也只能點頭以對。

「我要休息一下，五百旗頭先生呢？」

「我想和家政婦談談。看來連司郎先生的近況，問女兒們不如問她。」

「人都已經不在了，您還是在意嗎？」

「可能是因為做特殊清掃這一行吧。死去的人比活著的人更能勾起我的興趣。」

在豪宅裡找了找，幸惠正端坐在廚房的餐桌前。一牆之隔的客廳裡，綠川應該正在找三姊妹問話。

「原來您在這裡啊。房子這麼大，應該還有別的房間啊。」

「我在廚房裡最安心。請問有什麼事嗎？」

「是這樣的，我想請教一下桂女士對生前的連司郎先生的印象。」

「對諏訪先生的印象啊。您問我這個能有什麼幫助嗎？」

「可以作為整理遺物的參考。我希望盡可能依照死者的遺願來分贈遺物。所以多了解一點死者的為人總是好的。」

「可是我只幫忙了短短二年。」

「但您比誰都親近諏訪先生。比家人、顧問律師更親近。」

「是這樣沒錯啦。」

「談談回憶不也是告慰死者在天之靈嗎？」

「回憶啊。」

幸惠搜尋記憶般仰頭看天花板。

「他是一位不好照顧的老人家嗎？」

「雖然有慢性病，但平常會在屋裡走動，也不必坐輪椅。不會妨礙打掃，吃東西也不挑食。從這方面來看，並不會不好照顧。」

「那麼，是在其他方面不好伺候了。」

「就是脾氣不太好。用電腦看股市的時候動不動就罵髒話，沒看到愛用的筆就生氣，找到以後又罵浪費他的時間。」

「老人家常常這樣喔。」

「諏訪先生常會拿東西出氣，但至少不會把氣出在人身上。雖然年過八十，但頭腦還很清楚。要不是生了病，很可能會去突擊證券交易所。」

「脾氣很急啊。」

「比起耐性很好的人，好像是沒耐性的人更適合玩股票。這是諏訪先生說的。」

從談話的印象，可以看出幸惠是像照顧淘氣的小朋友般對待連司郎。連司郎會不會多少也有些依賴幸惠呢？

「身為兼任看護的家政婦，只要注意他有沒有突然發作就行了。老人家的怨言和牢騷就當作沒聽到。」

「看來您和死者的關係很好。不然也不可能被遺囑提到。」

「那個我真的嚇到了。」

她的語氣突然沉靜下來。

「我確實是照顧了諏訪先生，但那全然是在工作的範圍內，除了稍微幫忙一下雜務之外什麼都沒做，他卻留了三千萬圓給我。一直到現在，我都還是懷疑是不是寫錯了，多了兩個零。」

「那大概是脾氣不太好的死者最大的誠意吧。心懷感激地收下就是了。先不提這個，連司郎先生是否提過女兒們？」

「家人的事是一種禁忌。」

幸惠一臉像是吃到難吃的東西的神色。

「因為長女千鶴子小姐有家裡的鑰匙，所以有一次我曾提到女兒們。結果，諏訪先生突然很不高興，鬧脾氣說『我不想說這些』。不是難為情之類的，看起來是真心討厭，所以關於家人的事我能不提就不提。」

「哦。那還真是極端啊。到底他和女兒之間發生過什麼呢？這方面的緣由桂太太該不會也知道？」

幸惠的肩膀微微一聳。

談話間五百旗頭心裡就有譜了。脾氣暴躁的連司郎會連續僱用兩年，應該是因為與幸惠合得來。依照這個假設，那麼將家裡一些亂七八糟的事告訴她的可能性就很大。

結果幸惠像是顧慮著隔壁客廳般，壓低了聲音說道：

「說出來，您會盡最大可能尊重死者的遺願嗎？」

「這是我的工作。」

「和宗教有關。」

光是聽到宗教，就能輕易預料到後續。

「上面兩個女兒迷上奇怪的新興宗教，責怪諏訪先生，說他的工作是卑劣的職業啦、守財奴也就算了，還擅自拿值錢的東西去捐給她們那個教。聽說父女關係從那之後就一下子變差了。」

「千鶴子和梨奈現在也還是信徒嗎？」

「這我就不清楚了。不過沒聽說她們離開，諏訪先生的姿態又那麼硬，我看大概和以前沒什麼兩樣吧。」

這就是兩姊妹對分財產那麼計較的理由嗎？

所謂捐贈和布施的金額越大就越能獲得救贖，簡直是邪教的口頭禪。若千鶴子和梨奈至今仍信奉那個宗教團體，為了多捐一塊錢而爭產，也是必然的吧。

「不過，終究是父女啊。再怎麼疏遠，財產還是均分給家人。」

「最後再請教一個問題。斷了和女兒們的交流，連司郎先生有沒有顯得很寂寞？」

「那樣的人從來不會在臉上流露出一絲寂寞的樣子。但人的內心又看不到啊。」

聽著幸惠的回答，五百旗頭只覺得頭痛。

因為情況太矛盾了。

3

清掃後第二天，溝端律師打電話到「終點清潔隊」。

『五百旗頭先生，現在方便嗎？』

語氣極其急迫。有種即使以正在忙為由推辭拒絕也會堅持到底的氣勢。

『我想請你馬上跟我一起來。諏訪千鶴子小姐叫我到她家。說有關於遺產繼承的重大事宜要說。』

五百旗頭簡直可以看見電話另一頭溝端律師一臉凝重的樣子。既然都說過會奉陪到底，看來五百旗頭是沒有同意之外的選擇了。

『勞駕你先到我的事務所，我們再一起去她家。』

五百旗頭依言去了溝端律師的事務所，再搭她的車前往諏訪千鶴子家。

「現在說好像馬後炮，不過千鶴子小姐招了贅卻搬出去住吶。我以為招贅的大都會走與父母同住的模式。」

「是被趕出去的。」

溝端律師心情頗佳地說。

「好像是千鶴子小姐本人還是她先生惹火了連司郎先生，所以被趕出了大宅。原因千鶴子小姐本人倒是不願意提。」

五百旗頭認為告訴顧問律師應該無妨，便說了從幸惠那裡聽說的事情。

「竟然跟宗教有關啊。要是自己賺來的錢被別人自作主張捐了，而且是捐給可疑的宗教團體，就難怪連司郎先生會大發雷霆了。啊啊，原來如此，所以千鶴子小姐和梨奈小姐才會執著於遺產的份額啊。」

「我稍微查了一下那個宗教團體。他們會給信徒洗腦，榨乾信徒甚至讓他們背一身債，是很常見的惡質宗教。」

光是稍微在網路上查一下，就撈出大把大把的負面傳聞。信徒的家人一一落入不幸的境地，自殺和家破人亡者不勝枚舉。五百旗頭認為，無論喊出多麼崇高的口號，會讓人身陷不幸的就不是宗教。那麼這是什麼？他頭一個想到的就是詐騙。

「兩個女兒被洗腦了，一般是會想搶救回來……不，照連司郎先生的個性，可能不會。畢竟他是公開宣稱『講不通的人我見都不想見』的人。」

「可是，那是他的親生女兒啊。」

「所以更糟啊。一定是不想承認繼承了自己血緣的女兒竟然輕易就被人洗腦。」

女兒逃向宗教，父親逃避現實。歸根究柢，不是半斤八兩嗎？

輕易被人洗腦的長女的住處，是屋齡可能快三十年的木造住宅。和連司郎所住的豪宅比都不能比。

千鶴子獨自在家等候。他們被帶到起居室，而走過走廊時，視線掃到另一個房間裡有陌生的祭壇。看來幸惠的話果然是真的。

「真對不起，昨天讓您見笑了。」

千鶴子輕輕向溝端律師行了一禮。顯然認為五百旗頭是附帶的。

「今天有東西想請律師過目，才會請律師過來。」

「您說是與遺產繼承有關。」

「宣讀遺囑的時候，我太慌張了，實在丟臉。不過，我慌張是有原因的。」

「願聞其詳。」

「就是這個。」

千鶴子遞出的是一封信，信封上寫著「遺囑」。

五百旗頭與溝端律師對望一眼。

「可以看看內容嗎？」

「可以。我就是為此才請您來的。」

溝端律師展開信紙，五百旗頭從旁探頭看。

『遺囑

我，諏訪連司郎，立下以下遺囑。

一、我所擁有的不動產、有價證券均以合理價格出售，其中三分之二給長女諏訪千鶴子，其餘三分之一分給次女朴山梨奈與三女岡田彩季。

二、府裡的貴重金屬、物品以合理價格變現，與一之相同比例分給三個女兒。

三、諏訪連司郎名下的存款亦是三分之二給予長女諏訪千鶴子，次女朴山梨奈與三女岡田彩季分別給予六分之一。

二〇二二年八月五日

諏訪連司郎』

讀完內容，溝端律師仍盯著文章最後的部分好半天。

「這是郵寄來的。寄件人是家父。」

「您之前為什麼沒有提及這封遺囑？」

「因為是我收到以後好久，律師才公開發表遺囑的。我知道遺囑是以後寫的為優先，所以很急。可是回到家來確認日期以後，發現這封更後面才先放下心。今天找律師過來，是希望律師能幫我確認這封遺囑的效力。」

保險箱裡保管的遺囑日期是八月二日，這一封則是五日。正如千鶴子所說，這封遺囑的日期更後面，所以之前的遺囑便自動無效。

原來如此，照這封遺囑的內容，就能理解在發表遺囑當時千鶴子為何會大呼小叫了。畢竟她繼承的部分差了一倍。

被繼承人雖然能夠自由決定遺產的分配，但若將遺產全數留給好幾個繼承人當中的一個，其他家人的生活會失去保障。因此被繼承人的裁量受到一定的制約。這就是遺產特留分的制度。

特留分在繼承人為子女時，為應繼分的二分之一。依照諏訪家的狀況，繼承人為三個女兒，應繼分為各三分之一，特留分則為應繼分的一半，即六分之一。千鶴子三分之二、梨奈和彩季各六分之一的比率符合特留分的條件。

但也有令人在意的地方。簽名之下蓋的印章似乎是一般的章。

「律師，這個章不是印鑑吧。」

「對。但並沒有規定一定非蓋印鑑不可。蓋印鑑只不過是在管理和證明上更簡便而已。」

「家父一定是在寫完那封遺囑之後後悔了。」

昨天的慌張彷彿不曾發生過般，千鶴子顯得從容自若。

「一開始認為要姊妹平等所以寫了那封遺囑，收進保險箱之後，把照護床移過去蓋住暗門。可是過了三天就發現自己錯了，還是應該給長女做出區別。可是要把之前寫好的遺囑拿出來重寫又費時費事。於是緊急寫了真正的遺囑寄到我家。」

「這麼推斷的確很合理。畢竟那張照護床是個龐然大物。不過千鶴子小姐，要是您當場就告訴我有這封遺囑，也不至於發生爭執了。」

「真是對不起呀，可是聽到三人均分的時候，我覺得我那個爸爸也是可能做出那種事。怎麼說啊，那個，我們的父女關係不一般。」

「為什麼關係會不好呢？」

溝端律師肯定是要本人親口證實才會這樣套話。但千鶴子不是那種會老實說出實話的人。

「家家有本難唸的經。追究這種隱私也沒有意義。只不過是很久以前發生了誤會，一直沒有解開而已。」

「是嗎？」

「因為並不是什麼大摩擦，家父也很快就改變了心意。這封遺囑就是最好的證明。也就是說，這封遺囑同時也是家父對我和解的象徵。」

默默在一旁聽著，實在太過矯情，讓人想打呵欠。

就五百旗頭從溝端律師和幸惠那裡聽到的，諏訪連司郎這個人並不會輕易原諒醉心於新興宗教而擅自讓財產外流的女兒。他會將招了贅的長女趕出家門，肯定是為了避免她繼續漏財。

其中也有矛盾。被新興宗教洗腦而擅自帶走錢財的，還有次女梨奈。那麼給千鶴子三分之二、梨奈六分之一，這個比率又是基於什麼道理？

「真的發生過好多事。」

這話聽起來就像是要應付五百旗頭的懷疑。

「母親去世那時候，家父整個人就變了。要說他渾身都是刺嗎，還是說什麼事都要講道理，可是世界又不是靠道理來轉動的。森羅萬象，一切真理都是靠我們之上的存在的意識在運作的。與那崇高的意識相比，理論和道理形同草芥。」

眼見千鶴子說得像唱的一樣，溝端律師和五百旗頭再度對望。

沒救了。

「喪配一定會帶來一些改變的，對男性的影響更是特別大。」

溝端律師奮力想把話題拉回來，但對方似乎渾不在意。

「就是因為他們不夠虔誠。只要天天聽著上位的存在的玉語綸音，就不會有迷惘和失意了。家父或許憑一己之身闖出億萬巨富，但那不是流血流汗賺來的，說穿了就是不義之財。這樣的錢，給知道怎麼用的人才是最好的。」

再說下去也是無限迴圈。

五百旗頭就要忍不住的時候，溝端律師出面結束這個局面。

「這封遺囑就由我來保管，可以嗎？」

「可以，我請您來就是這個打算。也請您務必向兩個妹妹好好解釋。」

「五百旗頭先生怎麼想？」

在回程的車上，溝端律師一臉困惑地問五百旗頭。

「沒有什麼想法。要求去向妹妹說明，反而徒增矛盾不是嗎？」

「我也這麼認為。我很難相信那是連司郎先生的意思。」

「這件事，要知會警方嗎？」

「不知會不行吧。雖然可以想見知會以後調查會更加混亂。」

「能不能稍微等一下再去？」

五百旗頭的要求，讓溝端律師眼睛一亮。

「目前的狀況，是存在著兩封遺囑對吧。而，這兩封只憑日期來論有效無效，但這一點我實在無法苟同。」

「可是，千鶴子小姐出示的遺囑也符合成立的條件啊。」

「畢竟，如果只是表面上做出樣子其實是很簡單的。」

經過協議，兩人決定將新遺囑的存在保留到第二天再告訴警方。就結果而言，這個決定是對的。

因為幾個小時後，事態再度出現了新發展。

從千鶴子家回來，正在進行另一件特殊清掃時，五百旗頭的手機出現來電顯示。

『五百旗頭先生，現在方便嗎？』

「這次是什麼事？」

『就在剛剛，次女朳山梨奈打電話給我，要我馬上去她家，說是有關於繼承遺產的大事要說。』

「又來了？」

『不好意思要麻煩您兩次。』

五百旗頭告訴自己：好人做到底。既然奉陪了就奉陪到底吧。

「去您的事務所嗎？」

『那怎麼好意思。我現在就去接您。』

三十分鐘後，五百旗頭與抵達特殊清掃現場的溝端律師一同前往杁山家。

「好久沒體會到既視感了。」

「我也是。」

「據說那是大腦疲勞而出現的一種錯覺。我最近的確有加班過度的傾向。」

「五百旗頭先生，這不是錯覺。」

「會不會是她們姊妹串通好的？雖然看不出她們的感情到底是好是壞。」

「這次，無論好壞都很麻煩。」

杁山梨奈家破落的程度，比起姊姊家有過之而無不及。牆上有好幾道裂痕，丟在庭院一角的微波爐更添了幾分寂寥。而且這年頭裝的竟然不是對講機而是門鈴。

「律師，歡迎歡迎。哎呀，特殊清掃的人也一起來了啊。」

「如果很打擾，我就在這裡等。」

「哪裡，證人越多越好。請務必同席。」

兩人被帶到裡面，進了一個看來應該是起居室的房間。環顧房間一周，讓客人讚歎的家飾用品一項都沒有。每樣東西看起來都是百圓商品或是二手商店的東西。按理說諏訪家的次女擁有相當的財產也不足為奇，但現實竟如此窮酸，這是她本人勤於奉獻教團造成的嗎？

坐在兩人正對面的梨奈輕輕把一封信推過來。果不其然，封面上寫了「遺囑」。

「請看裡面。」

「失禮了。」

即使是局外人，也明顯看得出溝端律師拚命控制表情。五百旗頭從旁探頭看內容。

『遺囑

我，諏訪連司郎，立下以下遺囑。

一、我所擁有的不動產、有價證券均以合理價格出售，其中三分之二給次女杁山梨奈，其餘三分之一分給長女諏訪千鶴子與三女岡田彩季。

二、府裡的貴重金屬、物品以合理價格變現，與一之相同比例分給三個女兒。

三、諏訪連司郎名下的存款亦是三分之二給予次女杁山梨奈，長女諏訪千鶴子與三女岡田彩季分別給予六分之一。

二〇二二年八月五日

諏訪連司郎』

看完內容的溝端律師嘆了一口說不清是困惑還是傻眼的氣。

五百旗頭也一樣傻眼。因為眼前的遺囑與上午看到的如出一轍，不同的地方只有長女與次女的待遇。而且也不知道是誰在開玩笑，連落款的日期和印章都一樣。

「這是中元之後郵寄來的。寄件人是家父。」

竟然連寄送的時間都一樣。

「您之前為什麼沒有提到這封遺囑？」

「因為是寄到我家很久以後律師才宣讀了另一封遺囑。我嚇得搞不清楚到底發生了什麼事。可是，在網路上查了之後，我才知道日期新的才是有效的。所以才想找律師當證人。」

「這件事，您告訴幾位姊妹了嗎？」

「沒有。她們要是知道了，一定會很不高興。」

言下之意是她還有心思顧慮對方的心情是嗎？

「照我所看到的內容，杁山太太分配到的，是另外兩位的四倍。連司郎先生為何這樣分配，您有頭緒嗎？」

「哪裡需要什麼頭緒，這是理所當然的。」

梨奈傲然說道。

「千鶴子姊姊她們以前是跟家父同住的。可是，因為某件事惹惱了家父，夫妻都被趕出來。因為有這樣一段過去，千鶴子姊姊就失了家父的歡心。」

五百旗頭暗自翻白眼。梨奈不也一樣擅自拿財物去捐給教團嗎。還好意思說得這麼大言不慚，臉皮之厚令人佩服。

「原來如此。那麼三女彩季小姐和千鶴子小姐的待遇相同是為什麼呢？」

「因為彩季也一樣惹家父不高興。」

五百旗頭有點意外。這下出現了推翻彩季說詞的說法了。

「方便的話，可以請您說說始末嗎？」

「沒什麼始末，就是合不來罷了，而且是徹徹底底的不合。」

梨奈顯得有些竊喜。

「彩季從小就黏媽媽，跟家父不親。無論升學還是就業，她的選擇都讓家父沒有好臉色，簡直就是故意作對。我們的母親在彩季二十歲時，因子宮肌瘤惡化去世了，但彩季認為母親病故也是家父的錯，是家父的個性壓迫家母，讓她想不開。所以在家母死後，他們的關係更差了。」

「實際上真的是這樣嗎？」

「是她自己亂想的。我認為那是因為家母沒有信仰，沒有得到神明的護持。」

梨奈也和姊姊一樣，中了邪教的毒。要是人的壽命取決於信仰的虔誠與否，那和尚神主不是應該個個都是人瑞嗎？

「彩季是很極端，但家父本來就是有種不讓家人靠近的氣氛。動不動就質問我們、捉我們的語病，要是不合他的道理就把我們貶得一文不值。一年到頭一直被否定，就算是親生父親也受不了啊。」

「可是您還是最受到連司郎先生的疼愛。」

「這我知道。」

梨奈再次誇耀。

「姊姊偷用父親的錢，妹妹事事忤逆。我也不是黏家父黏得很緊，但感覺就是用消去法留下來的吧。」

「這封遺囑，可以交給我保管嗎？」

「當然，就是為此才特地請您來一趟的。」

離開杋山家，溝端律師握著方向盤嘆了好大一口氣。

「現在整件事越來越莫名其妙了。才為新的遺囑出現會有一場混戰作好準備，又出現了新的遺囑。還有連司郎先生的死狀，諏訪家是不是被詛咒了啊？」

「我也投那一家人被詛咒一票。只不過，每個家庭都有詛咒。」

「會嗎？一定也有家境富裕、家人和睦的家庭吧。」

「父母對孩子的期待也是一種詛咒啊。溝端律師沒有這種經驗嗎？」

溝端律師瞬間陷入沉默。如此看來，也許她也親身經歷過。

「五百旗頭先生，可以再耽誤您一點時間嗎？」

「還要去哪裡嗎？」

「到了這個地步，我想乾脆也去三女岡田彩季家一趟。」

「哈哈——，是猜她那裡也收到遺囑吧。」

「與其等人來找，不如主動過去還比較快。」

「好啊。」

岡田家和姊姊們的住處不同，是一間雅致的公寓。溝端律師在路上便事先聯絡，因此彩季毫不吃驚地迎接了兩人。

「很抱歉突然來打擾。」

「沒關係的，律師。正好我先生也去工作了。是關於遺產的事嗎？」

溝端律師與五百旗頭被帶到起居室，與彩季相對而坐。八十平方公尺的四房公寓，夫婦兩人生活綽綽有餘，家飾用品也很時尚。至少表面上看來生活水準比姊姊們高。

「我就單刀直入地問了。您有沒有收到連司郎先生寄的遺囑？」

的確是單刀直入。五百旗頭認為多和對方繞上幾句再說也不會少一塊肉，但恐怕她的個性就是如此吧。

彩季被這麼一問，瞬間愣了一下，但似乎很快就明白了。

「哦，是嗎。除了宣讀的那份遺囑，姊姊們還收到另一份遺囑對不對？」

五百旗頭暗嘆真聰明。

「是啊，是這麼回事。」

「那麼律師宣讀的那份遺囑會失去效力嗎？」

「這一點還在調查。那麼，彩季小姐有沒有收到？」

「沒有，我沒有收到。」

當下就得到否定的答案，溝端律師看來鬆了一口氣。

「那我就放心了。要是再出現第四封遺囑，事情就無法收拾了。」

五百旗頭暗道目前的狀況就難以收拾了，但這種話還是不說為妙。

「姊姊們收到的遺囑是什麼內容？」

「很抱歉，這個目前恕我難以回答。」

「可是，我也是繼承人呀。」

「因為目前還不知道三封遺囑中的哪一封具有效力。」

「也就是說，三封的內容都不一樣了。」

溝端律師臉上寫著糟了。正是所謂的說漏了嘴，但就五百旗頭看來，彩季技高一籌。

「我不會再多問。畢竟執行遺囑是律師的工作，不是我能干預的。」

「謝謝您這麼體諒。」

五百旗頭趁著兩人談話的空檔插嘴道：

「岡田太太，可以問您一個問題嗎？」

「什麼問題？」

「初次見面那天，您曾說『因為我是老么，家父很疼愛我』是吧？」

「對，我說過。哦，我知道了。」

彩季顯然是聞一知十的那種人，不等五百旗頭問完，就明白了他的疑問。

「一定是姊姊們說了些有的沒有的吧。不過，她們兩個都遭到家父厭棄，她們說的話，可能不要全盤接收比較好。」

「您是說令姊說謊？」

「也不是說謊，是她們以為。她們是不是說我和家父合不來之類的？我和家父的關係自然不如母女之間親密。不過，家父與我互相信賴，這一點不必明說。雖然我升學和就職的選擇都不如家父的意，他還是為我付了學費。」

彩季露出無邪的笑容。要把這當成是天真爛漫，還是老么特有的開朗無憂，就見仁見智了。

「總之我們正加緊調查。遺囑的執行要暫緩一些時候。」

溝端律師死了心，結束了這次拜訪。只是溝端律師自己似乎混亂到了極點，在回程的車上不斷說洩氣話。

「一遇到錢的問題，人人都換上道貌岸然的面孔。」

「那當然啊。就像去借錢的時候，任誰都一定會做出最像樣的打扮。」

「三封遺囑裡，有效力的就只有一封。每一封的筆跡都很像。誰知道到底該採用哪一封。」

「筆跡很像不見得就是真的。」

「您是說偽造嗎？」

「一直憑推測來討論也不是辦法。乾脆送鑑定您認為呢？」

「那就透過綠川先生請警方鑑定好了。」

「對了，調查得如何了？」

「不知道，也才過了一天。綠川先生那裡沒有任何消息。實在不可靠，我都自己調查了。」

「哦。您調查了什麼？」

「連司郎先生的病情。居家療養也是要每個月做一次檢查，主治醫師都會提醒連司郎先生。我想您也知道，狹心症是冠狀動脈變窄或阻塞，讓血液流不回心臟的病。但連司郎先生的狀況，是最近冠狀動脈突然變細，擔心會惡化成心肌梗塞。」

「心肌梗塞又通常是突然發作。」

「是啊。所以主治醫師勸他及早住院，但連司郎先生堅持居家療養，無論如何都不肯。」

「這方面的事情警方當然也都了解吧？」

「這我就不知道了。所以連司郎先生應該是藥不離身才對。」

「找警方以外的人來鑑定也許也不失為一個方法。所幸我認識風評很好的鑑定人。」

「這倒是可以……五百旗頭先生，現在是什麼狀況啊？」

「簡單地說呢，」

五百旗頭不以為意地說，

「就是有人說謊。或是不止一個人說謊。」

4

兩天後，相關人等再度聚集在諏訪連司郎的府邸。

在起居室裡的有繼承人三姊妹與家政婦桂幸惠、溝端律師與五百旗頭。以及一名諏訪家人首次見到的男子。

首先開口的，依然是長女千鶴子。

「溝端律師，今天我們姊妹也到齊了，我可以當成是要執行遺囑了嗎？」

溝端律師答可以，然後視線在每一個人臉上掃過。

「我要向各位道歉，由於遺囑本身發生問題，以至於延後執行。今天該問題的解決已經有了眉目，才請各位聚集於此。」

「我聽說我和大姊家都收到新的遺囑。」

梨奈向千鶴子看了一眼後這麼說。

「我和大姊通過電話，聽說除了日期以外，配額完全不同。」

「也就是說，其中有一封是假的。」

雖不至於到針鋒相對，但千鶴子的語氣帶著火藥味。

「如果要當場將我與梨奈兩人誰對誰錯弄個分明，我非常贊成。」

「我更贊成。」

眼看兩人之間的戰火一觸即發，千鈞一髮之際溝端律師介入：

「請教兩位，遺囑是以平信寄的沒錯吧？」

「對，沒錯。」

「上面還有葛飾郵局的郵戳。」

「這一點我們也確認過了。而且，全文的筆跡都與連司郎先生如出一轍，平常人實在難以判斷。」

溝端律師伸手指向鄰座的男子。

「向各位介紹，這位是我們這次請來鑑定遺囑真偽的氏家京太郎先生，『氏家鑑定中心』的所長。」

「大家好，敝姓氏家。」

諏訪家的人們對行了一禮的氏家投以訝異的視線。幸好，氏家本人對她們的失禮似乎完全不以為意。

五百旗頭與氏家是在某個現場認識的。他是進行特殊清掃，氏家則是為了採集現場殘留的遺留物而來。彼此的工作有部分重疊，聯手作業莫名投契。後來才聽說，搞不好他們的人材和儀器比科搜研還優秀。

「溝端律師委託鑑定真偽的是三封遺囑，在這裡我們稱溝端律師發表過的遺囑為遺囑A，寄到諏訪千鶴子小姐家的為遺囑B，寄到杁山梨奈小姐家的為遺囑C。」

氏家將三封遺囑擺在眾人面前。

「鑑定依據的是本人的親筆資料，最少要準備三份。最理想的是其中包含有要鑑定的文書中同樣的漢字，所幸連司郎先生與溝端律師簽定顧問合約時，曾寫過『遺囑的執行』的字樣，使我們容易進行比對。」

接著他出示的是三個「遺」字的放大影本。

「我在進行鑑定時會注意的特徵是起筆和收筆，以及轉折的部分。停頓和捺筆容易出現個人特色，但反過來說，也是容易模仿的部分。但起筆和收筆的部分經常是不經意地書寫，因此難以模仿。」

眾人看了出示的實物，便明白氏家的說明。放大的「遺」字雖然都很像，但起筆和收筆的樣子截然不同。

「當然，不止『遺』字，我也針對其他漢字做了比對。然後還有一點，就是字形雖然可以模仿，但連筆順都要模仿就很困難了。舉例來說，像這個字。」

接下來出示的是「貴金屬」的「屬」的放大照。被放大到二十公分見方，而且四面八方都打了光，連肉眼都能辨別出墨色的濃淡。

「『屬』本來就是一個容易寫錯筆順的漢字，遺囑A第三筆寫的『丿』在遺囑B和C是第一筆寫的。一個人上了年紀，筆跡會亂，字形會垮，但一旦養成習慣的筆順卻是不會改的。」

氏家抬起頭說：

「結論是，以筆跡來推測，遺囑A是諏訪連司郎先生的親筆，遺囑B和C都是其他人仿造的。」

「騙人！」

千鶴子和梨奈同時喊道。然而，她們悲痛的叫聲形同承認了氏家的說明是合理的。

或許是習慣了這樣的反應，氏家連眉頭都沒有動一下。

「這純粹是鑑定的結果，並不是斷定真偽，我們所說的是機率。這裡只是得出數值，遺囑A幾近於百分之百，B和C則是不到百分之十。」

「正如氏家先生說明的，鑑定是機率的問題。」

溝端律師接著開口，

「但是，幾近百分之百的和百分之十的，要相信哪一個，答案很明顯。身為受託執行遺囑之人，我只能承認遺囑A，也就是最早宣讀的遺囑是連司郎先生的真跡。至於遺囑B和C，」

溝端律師以冷冷的視線掃過千鶴子和梨奈，

「遺囑B被改寫為留給千鶴子小姐大部分的遺產，同樣的遺囑C則是將大部分的遺產留給梨奈小姐。」

「妳的意思是我們偽造了遺囑？」

「妳是故意找我們麻煩吧！我剛才都說有葛飾郵局的郵戳了。」

「只要將信投遞在葛飾郵局轄區內的郵筒就會有郵戳。說到底，又會有誰會偽造讓別人獲益的遺囑？作為諏訪家的律師，很遺憾，我不得不懷疑兩位。」

「什麼意思！」

「對妳客氣幾分就蹬鼻子上臉了！」

面對千鶴子和梨奈的抗議，溝端律師沒有絲毫畏怯。

「若您不喜歡客氣，那麼上法庭如何？」

氣氛開始變得相當差。至於另一個姊妹，彩季像個局外人般冷眼看著三人舌戰。再待下去肯定會出現更難堪的場面，五百旗頭便叫了氏家和幸惠到別的房間躲一躲。

「好啦，剩下的就交給溝端律師和繼承人吧。」

五百旗頭把兩人帶去寢室。清掃時已經徹底除臭，也移走了床鋪，因此房間裡殘留的屍臭早已一掃而空。而且這裡遠離起居室，溝端律師和姊妹們的爭執聲也不會傳到這裡。

「連司郎先生曾經睡在這裡的影子都沒有了。」

幸惠感慨萬千地說，

「也沒有我能為這個家做的事了。」

「妳今後有什麼打算？三千萬圓可不是一筆小錢，人生規劃不會大改嗎？」

「我已經和家政婦介紹所說要離開了。」

「果然。」

「家事和照護以後都還能做，但我想先休息一陣子。」

「這樣很好。連司郎先生一定也是希望妳好好休息，才會留下那樣的遺囑的。」

「千鶴子小姐和梨奈小姐會怎麼樣？」

「最糟會失去繼承資格。民法有繼承失格的制度，就是遇到繼承人行事不端、做出了擾亂繼承秩序的行為，可依法剝奪繼承權的制裁措施。而擾亂繼承秩序的行為之一，就是『偽造、變造、隱匿、湮滅被繼承人關於繼承之遺囑者』。」

「要是千鶴子小姐和梨奈小姐被剝奪繼承權，那遺產會去哪裡？」

「應該是剩下的繼承人岡田彩季小姐拿到全部吧。喪失繼承權要經過繼承權或確認繼承權不存在訴訟才能判定，但那兩位的形勢太不利了。只怕在訴訟之前，彩季小姐就會透過溝端律師提出和解。這麼一來，上面兩個姊姊就會以一人幾百萬圓的和解金打發。雙方妥協的結果差不多就是這樣吧。我想連司郎先生和妳應該早就料到了。」

幸惠的臉色立刻變了。

「您說什麼呢？」

「我是說，一切都如連司郎先生和妳的謀劃。」

「請不要亂開玩笑。那麼，您說遺囑是誰偽造的？」

「不太可能是連司郎先生本人仿造自己的筆跡。畢竟他就是本人。還是只能由別人來仿。這麼一來，就是找身邊的人代筆了。也就是妳了，幸惠小姐。」

「我也不是沒有脾氣的。您有證據嗎？」

「遺囑上只有溝端律師和千鶴子小姐她們的指紋，所以沒有物證。但在妳發脾氣之前，能不能稍微聽聽氏家所長的說法？有些話他剛才沒說。」

氏家接在五百旗頭之後開口：

「我得到溝端律師的同意，也查了連司郎先生所擁有的電腦。他不愧是投資大師，廣泛地收集了新創企業及受到矚目的新技術的消息。在這些消息當中，有些是關於〈My Text in Your Handwriting〉的。這是可以完美重現一個人的筆跡的軟體。」

氏家一開始說明，幸惠的表情就肉眼可見地越來越僵。

「是UCL（倫敦大學學院 University College London）的一群科學家開發出來的，利用演算法重現筆壓、文字間隔、每一劃的位置等要素，來形成手寫的筆跡。若真的使用，能夠做出比起外行人手寫的偽造更逼真的文字。以科搜研的人員和設備恐怕無法辨識真偽。開發者似乎正考慮與企業合作。連司郎先生會不會是因為知道這款軟體，才想到偽造遺囑的主意呢？也就是寫出經鑑定就能發現是偽造的遺囑。」

「做這種白費工夫的事有什麼意義？」

「當然有了。刻意讓人發現寄給兩姊妹的遺囑是偽造的，好剝奪她們兩人的繼承權。事實上，現況便是如此。」

五百旗頭繼續說：

「連司郎先生診查得知自己病情惡化後，定然是對死亡有了心理準備。如果可以，連司郎先生希望將遺產只留給彩季小姐一個人。但繼承方特留分的規定，所以最少也必須各分六分之一給上面兩個姊姊。然而，就算給了那兩人，下場就是被她們一頭栽進去的宗教團體剝個精光。連司郎先生也不允許這樣的事情發生，於是便想到褫奪兩人的繼承權。所以他才會拜託妳，寫出筆跡乍看一模一樣，但一經鑑定便會發現是偽造的遺囑，寄到兩姊妹家。妳獲贈的三千萬圓，是感謝妳辛勤看護的謝禮，但其中只怕也有偽造遺囑的工錢吧？」

看來是被說中了，幸惠一句都沒有反駁。

「遺體經解剖並沒有驗出可疑的行跡。我想這是因為連司郎先生選擇了消極的自殺。當心肌梗塞突然來襲，他不願意接受延命治療在床上等死。畢竟活過八十歲已經算很長壽了。從妳們的話來類推連司郎先生的個性，怎麼推都是這樣。方法很簡單。只要把平常放在伸手可及的地方的藥稍微放遠一點就好。發作起來反射性地伸手也拿不到藥。之後只要痛苦一剎那就結束。這難道不是絕佳的閉幕方式嗎？」

眼看幸惠低著頭好一會兒，最後沉痛地開始說道：

「連司郎先生，並不是不疼愛幾個女兒，但真的很討厭自己辛辛苦苦賺來的錢被邪教搶走。所以他才會拜託我。要模仿連司郎先生的筆跡真的很不容易，因為有他本人在旁邊寫範本，才總算偽造出來。」

「謝謝妳願意說出來。」

五百旗頭對幸惠笑笑。自己的懷疑得到證實，心頭的疙瘩就去掉了。但如果不能多減輕一點幸惠的重擔也沒有意義。

「您打算告訴溝端律師和警方嗎？」

「我沒這個打算。」

五百旗頭誇張地高舉雙手，

「氏家所長的工作是鑑定真偽，我的工作是揣度死者的意思整理遺物。告發人逮捕人是其他人的工作。是不是啊？氏家所長。」

「是啊，一點也沒錯。」

「妳也一樣，如果想尊重連司郎先生的遺志，就那麼做吧。人人都愛模仿刑警，噁不噁心啊。」

幸惠似乎放心了，嘆了一口氣。

「我也是，受夠模仿了。」

「就是啊。」

五百旗頭和氏家走到門外送幸惠。她行了好幾次禮，漸漸從兩人的視野中消失。

「五百旗頭先生，現在就我們兩個人，您是不是還有話要說？」

「厲害啊，所長。」

「您的一舉一動都有涵義。」

「你也未免太看得起我了。」

「您讓家政婦坦承了。還剩下什麼疑問？」

「也不是疑問，算是臆測吧。所長也看到了吧，岡田彩季坐在末席淡定地看著兩個姊姊慌張。」

「看到了。結果遺產全部歸她，她卻還面不改色。」

「我在想，那個女兒會不會早就知道父親的籌謀？所以知道兩個姊姊收到其他遺囑的時候也沒怎麼慌，因為她早就料到父親設計讓兩個姊姊一毛錢都拿不到，所以無論何時何地都能淡然處之。」

「聽說她對五百旗頭先生說過：『我和家父互相信賴，不必明說。』」

「真相不明，只有他們自己知道。那也不是我們外人能介入的。」

「的確。」

「不過寄假遺囑給千鶴子小姐和梨奈小姐是事實，從這裡也看得出連司郎先生的遺願。身為受託整理遺物的人，知道這些就夠了。所長覺得呢？」

「我也認為完成受託的工作就夠了。畢竟手上案子堆積如山啊。」

「英雄所見略同啊。」

兩人邁步走向各自的車子。

自我解說好害羞

中山七里

說實話，我死也不想寫自我解說。本來嘛，有誰會想看中山七里的小說是怎麼寫的啊！

但邀稿的短文篇幅以四百字稿紙換算起來是七張半到八張稿紙，實在不是近況報告就能混過去的張數，所以我想邊詛咒朝日新聞出版的負責窗口邊談談作品的成形過程。沒有興趣的讀者請略過。

孤獨死這個詞，我想從七〇年代就已經存在了。當時十來歲的我從那時候就想像力豐富，自己幻想著「所謂的孤獨死，指的就是一個人住吧。身邊一個人都沒有，一定很晚才被發現，而且發現的時候屍體的樣子一定很慘」。

而到了九〇年代，也就是泡沫經濟崩盤後，孤獨死再次受到社會與媒體的注意，也成了社會問題。但當時的我（現在也一樣）有點冷血，任何事一旦形成社會問題我就興趣缺缺。

然而孤獨死的問題不但沒有平息，年齡層反而更加擴大，再加上新冠疫情的影響，最近據說連年輕族群的孤獨死都增加了。

要談孤獨死為何增加非常簡單。若是有麥克風湊到面前，誰都能給一、兩個回答。但爬格子的人在追查原因之前還有別的工作要做。那就是哀悼在孤獨中死去的人，貼近他們的內心。

我向來認為房間會反應居住者的內心。我曾造訪許多友人的住處，非常確定起居之處果然反應主人的個性和愛好。一板一眼的人連書本擺放的方式都能窺見其規律，而本質懶散的人房間裡衣服到處丟，連續殺人魔的房間會裝飾著作為戰利品的人類殘肢器官這樣（樓有點歪了？）。因此，我覺得若說等著人發現屍體的房間裡，不但凝聚了居住者的過去，也凝聚了他／她的喜怒哀樂，應該是八九不離十。

話說回來，朝日新聞出版向我邀稿時首先有個大前提，便是推理這個大項。依目前的現狀，推理所提出的謎可大分為以下四種。

Who done it ＝誰犯案

Why done it ＝為何犯案

How done it ＝如何犯案

What done it ＝犯案內容

新本格勃興至今，日本國內眾多推理小說的架構都是在探究這四者中的一種或數種。換句話說，有意識的推理作家都絞盡腦汁在想如何混合這四者，或是能否提出另一種謎。

就連沒刻意去意識的我，也無法無視這個主題。新謎題、反應現代社會的推理小說究竟會是什麼樣子？

冥思苦想間我想到的是，既有的四種謎出發點都是凶手。由於要由偵探來破解凶手布下的謎，所以與所謂的本格推理是絕配。

那麼，若試著將觀點移到被害者身上呢？

他或她為什麼非死不可？

他或她是在什麼情況下死的？

他或她走過了什麼樣的人生？

畢竟，人心才是最懸疑的推理。既然如此，那麼探究死者的內心不就能成為一部堂堂推理小說？

這時候，孤獨死這個社會問題冒出頭來。這個狀況設定，正適合描寫探究死者內心的主題。若能善加描寫，也可能是我對「孤獨死為何會增加」的回答。

在構思劇情時，我查了一下「特殊清掃」這一行有多少業者。一搜尋，哇，一個又一個。業者之多令人一時之間難以置信。點進他們的官網看，甚至有業者宣稱他們是「成長產業」。

仔細想想，真是無可救藥。然而，描寫現代便是從直視現實開始。既然以特殊清掃工作為舞台，就無法避免一些獵奇噁心的描寫，但，這也是沒辦法的事。

既然決定好主題與舞台，必要的角色便自然浮現（我有一顆好用的腦袋）。於是以五百旗頭為首的三個人便為故事揭開了序幕。身為作者，我只要跟著他們、以他們的視線來看死者即可，並不怎麼麻煩。

只求寫出來的故事能取悅許多人。

對了，這部作品的女性角色相較於我過去的作品為多，不知讀者有沒有發現？事件相關人士、刑警，連律師都是女性佔多數。或許有人會因為這個事實而猜測：「這老頭兒作家終於也開始意識到政治正確和性別平等了？」

但實情並沒有那麼高尚。

前年，為了紀念出道十週年，我們舉辦了「成為小說人物」的活動。當選者多達將近一百人，又因為我的讀者本來女性比率就很高，所以當選者也是以女性居多。《特殊清掃人》是履行這個企劃的最後一部作品，所以女性出場的頻率比平常多，如此而已。如果有人期待我有意識上的升級，那只能說是太高估我了。

啊啊啊，不行了！

還是不應該寫什麼自我解說的。在後悔萬分、為自己的低俗絕望之中，我總算湊出了七張半的稿紙。

本篇原標題：出版首月已三刷！中山七里《特殊清掃人》出版紀念短文〈自我解說好害羞〉

出自朝日新聞出版《散步》

中山七里老師於《WebTRIPPER》連載的《特殊清掃人》於2022年前11月7日集結出版便大受好評，短短一個月便已三刷。《一本書》雜誌（2022年12月號）特向中山老師邀稿，談談這部以特殊清掃公司「終點清潔者」為舞台的作品。

特殊清掃人

作者—中山七里
譯者—劉姿君
編輯—黃煜智
校對—魏秋綢
行銷企劃—林昱豪
設計—陳恩安

副總編輯—羅珊珊
總編輯—胡金倫
董事長—趙政岷
出版者／時報文化出版企業股份有限公司
108019 台北市和平西路三段 240 號四樓
發行專線／（02）2306-6842
讀者服務專線／0800-231-705、（02）2304-7103
讀者服務傳真／（02）2304-6858
郵撥／1934-4724 時報文化出版公司
信箱／10899 台北華江橋郵局第 99 信箱
時報悅讀網／www.readingtimes.com.tw
電子郵件信箱／ctliving@readingtimes.com.tw
思潮線臉書／https://www.facebook.com/trendage
法律顧問／理律法律事務所 陳長文律師、李念祖律師
印刷／家佑印刷有限公司

時報文化出版公司成立於一九七五年，
並於一九九九年股票上櫃公開發行，於二〇〇八年脫離中時集團非屬旺中，
以「尊重智慧與創意的文化事業」為信念。

初版一刷／二〇二四年七月十二日
初版二刷／二〇二四年八月二十八日
定價／新台幣四五〇元

特殊清掃人／中山七里著；劉姿君譯 . -- 初版 . -- 臺北市：時報文化出版企業股份有限公司，2024.07
面；　公分
譯自：特殊清掃人
ISBN 978-626-396-261-3（平裝）
861.57　　113006128

ISBN 978-626-396-261-3
Printed in Taiwan